时光不老

王锡华 著

上海文艺出版社
Shanghai Literature & Art Publishing House

图书在版编目（C I P）数据

时光不老 / 王锡华著 .-- 上海 : 上海文艺出版社 , 2024

（黄河文丛 / 孙茂同 , 赵方新主编）

ISBN 978-7-5321-8947-2

Ⅰ . ①时… Ⅱ . ①王… Ⅲ . ①散文集 —中国—当代 Ⅳ . ①I267

中国国家版本馆 CIP 数据核字 (2024) 第 009704 号

发 行 人：毕　胜
策 划 人：杨　婷
责任编辑：李　平　程方洁　汤思怡　韩静雯
封面设计：悟阅文化
图文制作：悟阅文化

书　　名：时光不老
作　　者：王锡华
出　　版：上海世纪出版集团　上海文艺出版社
地　　址：上海市闵行区号景路 159 弄 A 座 2 楼
发　　行：上海文艺出版社发行中心发行
上海市闵行区号景路 159 弄 A 座 2 楼 206 室　201101　www.ewen.co
印　　刷：成都市兴雅致印务有限责任公司
开　　本：880 × 1230　1/32
印　　张：84
字　　数：2079 千
印　　次：2024 年 1 月第 1 版　2024 年 1 月第 1 次印刷
I S B N：978-7-5321-8947-2
定　　价：398.00 元（全 10 册）

告读者：如发现本书有质量问题请与印刷厂质量科联系　T：028-83181689

序言

“情”与“爱”的和谐乐章

杨仕甫

我跟王锡华先生相识是在20世纪70年代县上召开的一次新闻培训会上，那时我们都还在农村，虽然彼此没有多少交流，但王锡华这个名字从此就印在了我的脑海里。后来他被聘为县广播站编辑，我在县城学校当教师，因我也曾从农村被聘到县广播站当过编辑，所以偶尔也会到广播站去看看，见到他我都要打个招呼。再后来，他正式调入县广播站，广播站升格为广播局后，他先是当股长，后来当副局长、局长，而我也从学校借调到县委宣传部办《剑门报》，都在新闻战线，就经常打交道了。2000年的某一天，广元市委在翠云湖召开市委常委扩大会议，接县委办公室临时通知，要我们两个马上赶到翠云湖采访，我和他搭乘一辆皮卡车急急忙忙往翠云湖赶，没想到皮卡车刚到柳垭就坏了，我们只好下车步行，柳垭到翠云湖至少还有十多公里路程，他又扛着二三十斤重的摄像机，无论我们再怎么努力，都很难在要求的时间内赶到目的地，正在我们着急的时候，从远处来了一辆手扶拖拉机，我们急忙招呼车子停下，还好，在我们的恳求下，驾驶员答应把我们送到翠云湖。站在颠簸的手扶拖拉机拖斗上，我心里十分不解，广电局不止一辆小车，王局长为什么不安排一辆车送送呢？下车后问他，他解释说，局里的小车送其他记者下乡采访了，就安排皮卡车送我们，没想到却在路上出了问题。这件小事之所以在我的脑海里留下了难以磨灭的印记，是因为我被他爱岗敬业的精神深深感动了。他的这种精神也充分体现在他的散文作品集《时光不老》中。

《时光不老》收录了作者近八十篇散文作品，文字朴实无华，自然真实，就像他作为一个大局局长也能放下身段搭乘手扶拖拉机一样，低调做人，踏实作文，作品不修饰、不雕琢，不虚张声势，不搞假大空，就像面对朋友在娓娓讲述他的那些难以忘怀的往事，让人感到自然亲切，很容易引起共鸣。他从事了大半辈子新闻工作，习惯于以一个记者的眼光洞察世界，笔下的人和事都是自己的所见所闻，没有丝毫虚构，他的散文既注重文学性，也注重新闻性，是将文学与新闻有机结合的成功尝试。

《时光不老》分为“未曾流逝的时光”“在诗意里行走”“风采依然如故”“乡情是心中的海”和“学思没有穷尽时”五个版块，各版块相对独立，又紧密相连，虽是单篇散文的结集，但所有作品都以“情”和“爱”贯穿始终，用

“情”和“爱”将零散的文章连成一个整体，为读者演奏了一曲“情”与“爱”的和谐乐章。如《震从何处来》是对地震受灾群众的悲悯之情，《高铁开进剑门关》《雨后访柏垭》《走进化林村》等是对家乡发展变化的歌颂之情，《师恩难忘》《何叔走了》《老校长，你好》《黄老师其人》等是对老师、长辈、朋友的思念之情，《母亲》《岳父岳母》《我的哥嫂》《女儿追梦》等是对亲人的深爱之情，《梦里延安》《井冈山之旅》《大渡河边泸定情》等是对革命圣地的敬仰之情。作者的家乡地处剑门山区，他在大山里出生，在大山里成长，虽然从农村走到了县城，但一辈子也没有走出剑门山区，他为自己深情眷恋着的故乡默默奉献了大半生。他在新闻战线取得了触目的成绩，其新闻作品多次获省市一等奖，得到了领导和群众的认可，是与他对新闻工作的酷爱分不开的。他的人生虽然像山区公路上行驶的手扶拖拉机，坎坷颠簸，但对生活的热爱却始终如一，他爱故乡的山水、爱故乡的亲人、爱认识或不认识的所有人，“未曾流逝的时光”“风采依然如故”“乡情是心中的海”等版块中的大部分作品都直抒胸臆，淋漓尽致地表达了这样的情感。

《时光不老》是王锡华先生的第二部散文作品集，这部作品体现了他文字朴实、叙事简略、真实感人的一贯风格，但比起第一部作品集《情系剑门笔铸春秋》来显得更加成熟，更具文学性和可读性。他人生旅途上的每一个重要时段几乎都有文字反映，既可以看成是他个人的自传，也可以从中窥出时代的印迹，具有一定的文学价值和史料价值。

（杨仕甫，编审职称，广元市散文学会副会长、广元市科技拔尖人才、广元市蜀道英才·文化领军人物。）

目 录
CONTENTS

未曾流逝的时光

古道随想 / 002

老城记忆 / 005

震从何处来 / 010

高铁开进剑门关 / 012

雨后访柏垭 / 016

走进化林村 / 020

一个场镇的消失与新生 / 025

山村八家人 / 028

又是高考的日子 / 033

新县城断想 / 036

最忆是剑中 / 040

师恩难忘 / 044

住院散记 / 049

搬家忧喜录 / 052
三棵树 / 055
长岭情 / 059
德园 / 061
清江赏月 / 063

在诗意里行走

梦里延安 / 066
井冈山之旅 / 070
大渡河边泸定情 / 076
寻访马克思街 / 079
一个消失的王朝 / 082
苍凉的古堡 / 086
在沙漠与绿洲中旅行 / 090
西湖之美 / 094
遇见大海 / 097
旅欧小记 / 099
三台印象 / 102
上海空姐的剑门之旅 / 104
绍兴行 / 107
梦幻九寨沟 / 109
爬长城 / 112
游漓江 / 114

南京纪事 / 116
蓉城散记 / 119
走进建川博物馆 / 122

风采依然如故

几多寻觅几多情 / 126
追忆卢子贵先生 / 129
何叔走了 / 132
初识歌手刘大成 / 135
“梅痴”游火清 / 138
老校长，你好 / 140
黄老师其人 / 144
村官王富民 / 146
石勇与他的金色家园 / 150
难以舍弃的情谊 / 152
素描画中的故事 / 154
命运无常 / 156
他与杂技结缘 / 158
棋后诸宸 / 161
远去的身影 / 163
长者王宗成 / 165

乡情是心中的海

故乡王家咀 / 168

母亲 / 171

小河静静流 / 175

响水人家 / 178

二姐来了 / 181

我的哥嫂 / 183

女儿追梦 / 186

岳父岳母 / 190

老表 / 194

乡村好伙伴 / 197

温暖的短信 / 200

松松的参军梦 / 202

她是护士 / 204

学思没有穷尽时

学诗之乐 / 208

有缘龙凤 / 211

学车 / 213

期望 / 216

人有遗憾在别时 / 218

一切从头学起 / 220
一张违规通知单的启示 / 222
忆端午 / 224
闲话清明节 / 226
包容是一种品德 / 228
阳光与深沉 / 229
时光　风景　人情 / 231
声屏之妙 / 233
改与管的辩证法 / 237

后记 / 241

未曾流逝的时光

古道随想

受县散文学会之邀，顶着冬日的阳光，到“天下第一古道”金牛道之拦马墙采风，总觉得来过了多次，拍摄过许多景，写过了不少新闻报道，太熟悉了，但心里仍然觉得，还是应该写点其他的东西，留下点什么，也许除了热爱与热情，什么都写不了，什么也留不下，因为这里的风景实在是美得出神入化，异乎寻常，即使用优美的文字去描绘它，用浓烈的感情去体验它，也会显得那样枯燥、那样无力，甚至有点轻若浮云，难以体现它的厚重与神韵。

古老，是它最直观的感觉。那长长方方的石板，错落有致的石梯，宽厚凝重的石墩，那磨得精光的石印，那布满青苔的石头，那“水滴石穿”的石孔与石窝，拦马墙，饮马槽，拴马桩，门槛石，车辙蹄印，都给人留下了深深的印象，行走其间，有时前望，有时俯身，有时细听，似乎有车辚辚马萧萧从历史中飞驰而来，是秦国的军队，还是蜀国的士兵，是唐明皇去避祸，还是诸葛亮去伐魏，也许，道路边，石头旁，留下的是杜甫去成都的疲惫，也许是陆游抗金归来的哀叹，历史的尘烟，似真真切切，又悠然远去，它烙在我们的心里，又激荡在我们的血脉中。

壮阔，是它最震撼人的地方。走进拦马墙，迎面而立的是那些高大挺拔的古柏，它有如雄兵、有如巨虎，或立或蹲，或俯或伸，矗立在道路的两旁，守卫森严，牢不可破，它盘根错节、栉风沐雨、傲霜斗雪，越加壮实高大，即使有的树枝枯叶落，依旧气势不凡，直插云天。人们根据它的形象与气质，联想出了许多奇怪的名字，什么怀胎柏、淌肠柏，特别是那棵状元柏，粗壮无比，要十几个人才能合抱，据说是秦柏，有两千多年的历史，人们把它奉为神树，系上红绸，以求运气与福报。据市散文学会副会长杨仕甫先生介绍，在剑阁境内，这样的古柏还有许多，西至梓潼，南至阆中，北至昭化，共有七千多株，主要分布在剑门、凉山、柳沟、武连、龙源等地，成带成线，宛如城郭，蔚为壮观，可谓蜀中奇景。

清幽，是它最独特的气质。在古道翠云廊中穿行，虬枝纵横，翠浪浮空，绿荫盖地，阳光斜照，流辉溢彩，光影相叠，别有一番风景。如果你是春天来游，细雨纷纷、针叶绵绵、泥土芬芳，有一种说不出的舒适感；要是在夏天，你会觉得凉风习习，清气爽爽，疲倦顿消，置身其中，如临仙境，一片清凉世界。若细心观察，那翠柏，那野草，那青苔，那密林，更是平添了几分幽趣，多少文人墨客，来此乐而忘返。记得成都一位叫邹文正的山水画家与另一位摄影家游火青特别钟爱这里，每次来都要在凉山乡的小街上住上几天，慢慢地写生与拍摄，他们把拦马墙风光融入在自己的感知里，创作了不少好的作品。

告别了拦马墙，告别了古柏古道，我在想，历史上遗留下来的文献太少，研究也难以探其真况，假如古柏古道能说话，它能告诉我们什么？它会告诉拦马墙的来历与变迁、会告诉古道的修建、古柏的栽植与管护，还会告诉古驿道上发生的一幕幕动人的故事与情景，特别是古代劳动人民在没有现代工具的条件下，是如何修筑这条古道的。不管怎样，蜀国的先民们是伟大的，也是不朽的。长路漫漫，思绪悠悠，时代巨变，沧海桑田。作为现代人，现代的交通，已经是四通八达、密如蛛网，公路、铁路、水路、高速、高铁、航空，应有尽有，出行十分便捷，特别在脱贫攻坚后与乡村振兴中，剑阁境内所有的乡、镇、村都通了水泥路，有的直通到组到户、到了老百姓的院坝里和家门口。人民群众说，现在下地干活、走亲访友、上街做生意，开小车、坐公交、骑摩托，都是最普遍的事情。这话不假，在普安、汉阳交界的石洞沟现代农业园区采访，我们看到，除了漂亮的民居，成片的橘树与冬枣，最闪亮的就是蜿蜒宽阔的水泥路，漫步其间，沐浴着暖暖的阳光，感到格外舒心与自豪。是啊！国家经济社会的发展与民生的改善，实在是在太快了，太令人振奋了。即便如此，我们依然不要忘记来时的路，那片村庄，那条古道，那份乡愁，不要忘记古代人们那种敢于奋斗敢于开拓的精神与勇气，它也是我们的民族精神在大蜀道上的具体呈现。

老城记忆

城市不仅是一个地方的政治经济文化中心，也是人们心中的神圣之地、希望之地，更是农村孩子心中十分向往的地方。

从懂事之日起，就盼望大人们能带着自己进一趟城、赶一次场，去看一下热闹，买一个喜欢的玩具。从我的家乡鹤鸣同心村到剑阁县城，要走25公里路，那时没有车，只能步行，走的是小路。有了公路后，走的是公路，路上运货的是马拉车，偶尔有红白色的小客车驶过，也不是可以中途停车随意上下人的。在我很小的时候，母亲带我到县城，走到大岩山，就能看到县城的全貌，纵横有致的青瓦房，巍然屹立的钟鼓楼，流水潺潺的闻溪河。从大岩山石坎路下来，进入较场坝，赶场的人渐渐多起来，顺街而入，几转几转，就到了广济桥，桥的两旁是一楼一底的古建筑，过桥后就到了城的南门，坚固的城墙，高大的城门洞，厚重的大门，都给人古老而威严的感觉，挤进城门里，四根方石柱撑起的钟鼓楼，翘角临风，铃铛高悬，窗格雕花，格外显眼。记忆最深的是楼上设过医院，穿白大褂的医生、护士在忙出忙进，另外就是搞宣传时有人向下抛传单，下边有好多人去抢，传单上写的是什么，至今也不清楚。钟鼓楼对面有箭楼，可以上去，钟楼旁边有一个茶馆最有名，赶场的人们忙完事总爱去那里喝茶休闲。从钟鼓楼往左走，有条长街，中间有鼓楼饭店。再往上走就是西街的小南门，小南门出去是外城墙；继续沿街西上，就是西门，所看到的是石板路，门洞已经被毁掉了，旁边的石头依然伫立，上面还有许多茂密的野草，老人们还口口相传战乱时期，有位英雄守西门取得了胜利。

从钟鼓楼下，顺着台阶直接上到顶端，到了古时候的“县衙”，不过后来拆掉了，穿过此地，到了后院就是县政府，民国时期所建，一个大院，全是木楼，上下两层，政府办公全在这里，中间有一道遮雨的长廊，从长廊进去，还有一个院子，最明显的是几株古老的皂角树，皂角树下有一口水井，清幽幽的，要用绳索吊桶才能打起水来，当时我们洗衣服，没有肥皂，就捡来皂角砸碎洗，好多的泡沫，效果非常好。从政府大院上去，就是县委招待所与大礼堂，招待所是土木房，房间较多，用来接待客人与召开会议。大礼堂是砖木结构的样式，高大宽敞，能容纳好几百人，解放后有好多的重要会议都在这里召开，后来我在广电当记者的时候，经常在大礼堂搞采访录音。出大礼堂往左侧走，就是当时的“书记楼”，是一栋两层砖木楼房，后来建成了钢筋水泥楼。

从钟鼓楼往右走是东街，也是县城最繁华的街，从东街直走，就是小玲珑街，街的尽头是原来的“二贤祠”与“兼山书院”，后来改为初级师范学校，最后变成教师进修校。东街的出口是东门，当时的城门洞已拆，上面做了一个圆弧形的架子，用来挂标语搞庆祝活动，两边的城墙坚固而结实，分别向左右方向延伸，有好几公里长，后来修五金公司、饮食服务公司与百货公司就拆掉了，甚是可惜。至于有没有北门，实在是没有什么印象了。在东门口的城墙边，中间一段墙上有红军时期刻下的《中国共产党十大政纲》，后因建筑需要，搬到另一段城墙上去了，渐渐风化，字迹已经模糊不清了。城墙边是一条古老的街道，多是立木建筑，房子比较矮，饮食摊多，最有名的是桥头上的稀饭饼子店，好多赶场的人都到这里吃饭，靠外边的木楼是悬空的，从窗户上看出去，可以看到翻腾的河水，让人胆战心惊。记得小时候，母亲从背上把我放下来歇歇气，不知为什么，我爬上去，站在黑色的方木型栏杆上，吓得母亲一身冷汗，说此后不再带我进县城。

东门桥原名武侯桥，传说为三国时期诸葛亮所建，后于1935年重建，站在桥上往下看，椭圆形的石砌桥墩，托起一座铁木桥，河水滔滔，让人有些恐惧，当时看见最多的是“犯人”在河边的水池里挑水，一帮人在民警的押管下，挑着水跑步前进。过了东门桥，靠左就是桥东旅馆，这家旅馆比较高大，又在国道108线上，南来北往的司机与生意人都爱在这里住，后来被火灾毁了，顺街而上就是老养路段，当年红四方面军强渡嘉陵江后在这里召开了具有历史意义的“剑阁会议”，好多军政领导都参加了这次会议。顺街而上是学街，学街的来历，可能是古时候的文庙吧！在我的记忆里，学街出头就是剑阁中学的大门，门上有一对威风凛凛的狮子，进去就是大操场，操场里边是教学楼，后来剑阁中学的校大门改在了前门，学街成了一条僻静的老街。

东门桥靠右边，就是有名的公园坝，据说原来是乱葬坟，后来辟为公园，供县城人们休闲娱乐。公园坝除了召开公捕公判大会外，也举行体育赛事，还搞展销会什么的，平日里住着一户人家，在舞台上说评书和管理舞台道具，可惜1998年“9·16”洪灾，看管的老人被洪峰卷走，再也没有他的消息了，人们也渐渐地忘了他，后来公园坝被开发商看中了，转身成了商贸住宅楼，茶楼酒肆开始红火起来，可城市的空间却失去了。也许，这是经济发展的必然。顺着公园坝往前走，是通往闻溪乡的公路，公路两旁是高大的杨树，靠里边是文化馆，还有一家医院，是最早的城关医院，当时在文化馆的橱窗内看过有关新闻图片。顺着公路前行，就是后来的食品公司与土产公司。多年后，我在老城的家，也从文峰中学下边广电局住宅区搬到这里，面对闻溪河，面对窗外的果树竹林，有一种回归田园的感觉。

对于老城，我印象最深的是鹤鸣山的文峰塔，秀气挺拔，独居一方，它是老县城的文化地标，登高一望，自然知道自己所在的方位。2008年“5·12”汶川地震时，文峰塔被拦腰折断，后来进行了重建，恢复了原貌，鹤鸣山有好几处道教造像与碑文石刻，上边有遮雨的瓦架，民间的说法是庙子。后来在县城工作了，“也上东山效昔贤”，才知道鹤鸣山有“三绝”——道教摩崖造像、李商隐的重阳亭记、颜真卿所书《大唐中兴颂》，真乃文化之源，古今连绵不绝。

闻溪河那一河清亮亮的水，翻卷浪花，流向远方，实在令人难以忘记。记得我在剑阁中校读书的时候，不仅在闻溪河洗过衣服，也洗过澡，即使是枯水季节，还能挽着裤子从石条上跳过去，脚上有了泥土，还可以在水里哗啦哗啦地洗一阵子，可现在，它已经污染了、干涸了，旅游旺季时，成了一个偌大的停车场。气候的变化、人口的增多、建筑的拥挤、水资源的短缺，都是其变化之根本。此外，还有老城公园坝的那几棵古树，漫漫历史，悠悠岁月，它依然是那样高大与壮实，茂盛如初。在老县城，看到那些风景独特的古建筑、古街道、古树木，仿佛历史的印迹在脑海里一一划过，给人一种情感的依恋，每次回家，总要去走一走看一看，感到很亲切、很惬意，也很自然。追昔抚今，令我感到欣慰的是，县城虽然迁到了下寺，但大县城大旅游战略的实施，老城依然人口众多，商贸繁荣，市容市貌也变得井然有序，干净而明亮，各项事业健康发展。我坚信，在新时代新征程上，剑阁老城一定会生机勃勃，散发出更加迷人的光彩。

震从何处来

有时候，人，总有一种痛在心里，它说不出，也咽不下，就是想哭，想流泪，但都一而再再而三地强忍下去，最终泪还是流了下来。

礼拜天，本想多睡一会儿，缓解因下乡带来的身体的疲劳，但还是早早起床，习惯性地打开电视机，想了解一下美国波士顿爆炸案的进展，再看看复旦大学医学院研究生黄洋被室友林某投毒致死的新闻。不巧，妻子热好了水，叫我马上去洗脸，刚踏进洗漱间，热毛巾脸上一敷，就听什么东西哗啦啦地在响，再看厕所门窗处的墙壁，在左右不停地摇摆，妻吓得腿都软了，我立在厕所间没动，只在心里祷告，快停下，快快停下，不能再摇了！终于停了，妻子叫赶快下楼，我说已经完了，还下什么楼？妻忙着穿鞋，门外的楼道上，穿着单衣短裤的几家人匆匆地忙着往下赶。到楼下，风，冷冷的，人们一家家围在一起，惊魂未定。走出小区，见河堤上也有许多人，都纷纷在议论，比比画画，有的说与“5·12”差不多，有的说比“5·12”还大，有几十秒，有一两分钟。在河边的稀饭馆里，老板一家正忙着招待客人，问她知不知道发生地震了？她说：“我们在下边忙，没有感觉到。”她边说边忙着，而那些从楼上下来吃饭的人，脸上没有一点轻松，也许是吓着了，也许是经历了汶川大地震，已经习惯了，饭还得吃，生活总还得继续吧！“七级，在雅安，电视上报道了。”一位姓蒲的熟人告诉我。我忙跑回家里，打开电视，中央台、凤凰台都有了文字消息，图像的东西还少，再到网上一看，基本的情况已经清楚了，雅安、芦山，7.0级，道路阻断、房屋倒塌、人员伤亡，接下来就是中央、地方、军队、医疗、抢险、救人，那些惨烈的、哭泣的、英勇的、感人的场面，通过央视的平台，在这个礼拜六的上午，传到了世界、传到了全国、传到了千家万户，传到了每一个人的心里。我在雅安、乐山、上海的朋友们来信息了，问我们是否平安？我说，还好，影响不大。可内心深处呢？那种不安与恐惧也不是轻易可以抹去的。

灾难是无情的，地震是惨烈的，不管科技有多发达，人类有多伟大，在地震、洪水、飓风、火山等自然灾难面前，都是那样渺小、那样无能为力、那样不堪一击。注视着电视，望着那些陌生而又熟悉的镜头，心里一次次难受，泪还是忍不住地流了下来。是为“5·12”汶川大地震呢？还是为“4·20”芦山地震呢？也许是为那些在地震中不幸遇难的人们吧，也包括我的岳父大人。

高铁开进剑门关

（一）

想起家乡门口高铁站和飞驰而过的高速列车，总让人有一种高兴，有一种骄傲，有一种自豪，有一种说不出却心里热乎乎的感觉。

不管是李白“蜀道之难，难于上青天”的惊叹，还是杜甫“一夫怒临关，百万未可傍”的仰视，抑或是陆游“细雨骑驴入剑门”的吟唱，都描绘出蜀道险要崎岖之现状与艰难。从石板古道、川陕公路、绵广高速到下普快通，从普铁、动车到高铁，既是一幕幕交通发展的历史缩影，又是一幅幅社会与科技进步的宏大画卷。

也许你记得，剑门山区那荆棘丛生的山路，那泥浆飞溅的碎石路，那随风停摆的渡船、那慢慢悠悠的绿皮火车，还有那没完没了的骤风暴雨和遥遥不见边际的车灯，处处塞车，处处难行，去一趟广元、绵阳和成都，走一次重庆、西安与北京，是几天几月，谁也说不清等不起。公路不说，就说铁路吧，当时要乘班车去沙溪坝，然后乘船过渡口，再乘车到火车站，然后上503或者504慢车，坐几个小时才能到达绵阳，来去办事最快也要三四天时间。现在好了，有了高铁站，有了高铁，东西南北中，尽可一票通，朝出剑门，午至西安，晚到北京，去绵阳成都还可赶个来回，上学、购物、打工、旅游、招商、做生意，可方便了、时空短了，效率高了，人民群众的脸上也露出了满意的笑容。

（二）

当西城高铁剑门关站项目在争取、筹划、招商、开工之时，剑阁的领导者、工程建设的指挥者、协调者和施工者们，敢于担当，敢于攻坚克难，从征地拆迁到项目设计，从3P投资到建设工期，无一不充满着紧张的追赶和艰辛的拼搏。他们冒酷暑、顶寒风、抢时间、争速度、保质量、稳安全，多少个日日夜夜，多少次风风雨雨，他们吃住在工地、奋斗在工地，每当听到机器的轰鸣，看到基柱的坚挺和广场的延伸，他们最开心最欣慰，他们把心酸、热诚、汗水融到了百年大计的工程中，融进了剑阁人民红红火火的事业中。

剑门关高铁广场，占地面积有3.1万平方米，总投资达1.4亿元，由入站广场、地下停车场、广场公交场站等五大部分组成，设计新颖，主题突出，不但可以交通换乘，还具备游客接待、商业配套和文化展示功能，日可发送旅客2万人次。这是一项立足当前着眼未来的工程，将对剑阁的旅游经济与社会发展起到极大的推动作用。

那是一个个令人欣喜的日子，抓机遇，求发展，不畏难，敢挑战，2009年5月12日，四川省人民政府签署同意西成铁路客运专线设置剑门关站的文件，2016年6月站前广场项目工程开工建设，2017年10月25日主体工程完成提前投入使用。

那也是一个令人难忘的日子，新时代，新征程，迎高铁，再超越。2017年12月6日，西成客专剑门关站站前广场项目举行竣工暨通车仪式，5000多名干部和群众见证了这一历史时刻，仪式虽然简短，但呼啸而过的“复兴号”还是在人民的心中激起了巨大的波澜，久久不曾平息。

（三）

现在，你只要一步入高铁站，广场的宽阔、大气和美丽，总会让人心生赞叹，整个建设依山就势，错落有致，逐级展开，洋溢着一种新蜀汉风韵，被国家铁路总公司称为西城高铁线上最漂亮的高铁站。

这里属于下寺镇友于村，原来是山坡、是农田、是城乡结合部，到处脏乱差，然而今天，这里成了高铁站，成了大广场，成了黄金口岸，成了未来的投资热土，人们对这里充满依恋，更对高铁充满感情。记得在高铁开通的当天，虽然仪式结束了，好多的人不愿离去，他们一处处游览观看，一处处审视品评，他们在等，等在剑门关站停靠的首趟高铁，站着的，望着的，人们在车站的围栏外，人人拿着手机，只待高铁从隧道里一冒头，就咔咔地拍了起来。“来了，高铁来了”，听到呼呼的响声，有人手舞足蹈地叫了起来。在广场，有一位姓翟的90岁老人，为了看到高铁，叫儿子推着轮椅在车站游了一遍，他儿子说，这是老人的心愿，也是他们的心愿。在场外的站台上，只听到有位自称是高铁站拆迁的人在感叹：“太快了，太快了，发展得太快了，真没有想到。”是啊，谁又想到呢？就是清翰林学士李榕更不会想到，在他离世后的一百多年里，高铁通到了他的家门口。

这是奇迹，人类的奇迹，时代的发展，社会的变迁，科技的创新，常给人意想不到的效果，这种效果往往让人惊奇不已，有的是翻天覆地，有的是亘古未有。

雨后访柏垭

清明过后，谷雨即来，又是一个雨后初晴的日子。山是那样绿，水是那样清，空气是那样新鲜，田野是那样辽远而壮阔，我们似乎有点感动、有点陶醉、有点情不自禁，不为别的，只为难得的舒解与放松，也为大自然的那份闲适与自由，更为我县农村在脱贫攻坚中展现的变化与美丽。

站在高高的云岭山上，沐浴着雨后的阳光，看柏垭、看共同、看井泉，旧貌变新颜。崭新的村庄，洋气的楼房，平坦蜿蜒的水泥路，飞驰而过的小汽车，还有那生机勃勃的农旅园和养殖场，眼前的一切，都在告诉我们，通过六年的奋斗、六年的拼搏、六年的脱贫攻坚，如今的柏垭农村，特别是贫困村，已经发生了天翻地覆的变化。这变化，不仅写在乡村的土地上，也写在人民群众的笑脸上。

对柏垭，我们是熟悉的，因为在那里，也曾留下过我们的足迹，洒下过广电人的汗水，挂联过，慰问过，采访过，搞过劳动，帮助催收清理过贷款。柏垭，原本是江口区所属的一个乡，地处木马与田家之间，人口不多，土地贫瘠，高山村组天旱缺水，场镇偏小，街道狭窄，以路为市，农村土坯房居多，群众生产生活较为困难。在产业方面，虽然搞过烤烟，栽过猕猴桃，办过加工厂，也见到一些效益，但仍然是以种养殖为主的传统农畜业。

记得当年在柳清村采访，大部分村道都是泥碎路，水泥路很少，一般老百姓，最令人羡慕的是家有电视机、房梁上有一根接收信号的无线天线。对于共同村，记忆最深的是有一年夏天，我们去采访老红军刘子厚，刘乡长陪我们下村，天下着雨，道路泥泞，难以行走，到了村子，到处是土墙房，修砖房的几乎没有，找到刘子厚的家，老人已是七十多岁了，他给我们讲了自己赶马到巴中参加红军和爬雪山过草地的故事，虽然有些断断续续，但仍然让我们肃然起敬，至今难忘。而现在的共同村，在党的脱贫攻坚政策的指引和支持下，无论阵地建设、村组道路、异地扶贫搬迁，或是产业发展，都有模有样，成效显著。在村委会所在地，让人眼前一亮的是一幢幢新楼房，规划新颖、错落有致、色彩鲜明，有位姓李的农户告诉我们，脱贫攻坚中，政府动员他拆了旧房建新房，他还不太愿意，现在看来建对了，水电路汽，样样俱全，吃穿不愁，儿子媳妇在外打工，他在家带孩子，搞副业，日子过得还不错。在共同村，令我们想不到的是党委政府在抓物质脱贫同时，也抓精神脱贫。两手抓，两不误。他们化无形于有形，把政策法治、感恩奋进、文明新风，融入平时的活动与文化之中，让人民群众可看可享可思可感。在村史馆，我们看到了当年修水库建长渠使用过的手推车，钢钎、二锤、风箱、马灯、草鞋，还有李海棠、王跃三等老一代创业者留下的图片与荣誉，它承载着时代的风云，诉说着岁月的艰辛。

在广场里，我们观荷池、赏墙画、访尖岭人家，寻找解元王用中兄妹的历史和郭家班唢呐的迷人之处。在环山路，我们依道而上，登上了翠柏葱茏的“三思亭”，望新村，品楹联，思奋进，身临其境，感受其中，如清风拂面，心生快意。

在井泉村，我们看到的景象，依旧是焕然一新，原来的旧山坡、灌木丛、荒草地，已经变成了产业园，变成了居民新村落。一条小街，几排小楼，依山就势，别有风采，远望如画图，近观似别墅，迈步其间，流连忘返，百姓安居乐业，有说有笑，有一位老人叫郭才，他邀我们到他家坐坐，他告诉我们，他是随迁户，基础设施都是国家贴的钱，自己两楼一底花了二十多万，儿孙一家在成都，家里只有老两口，养老过日子，住得舒坦，活得开心。也许，在今天看来，这里不管是贫困户，还是随迁户，他们收获的是喜悦，是享受，是成果，当然也有个别不满足的人，但回顾昨天，柏垭井泉村易地扶贫搬迁点，它的设计，它的推进，它的建设，不知吸引了多少关心的目光，浸透了多少干部的辛劳，融入了多少群众的期盼，才有它的成功，它的典型示范，它的名声在外，以至参观者纷至沓来。53户，145人，2017年全部入住新居，这是一件多不容易的事啊！是的，太不容易了，那冬天的风雪，那夏天的酷暑，那夜晚的灯光，那满身的泥土，都是烙在每一个脱贫干部心中最深的记忆。记得有一次，我们去了解文化广场项目，正是烈日当空的中午，民工们干得热火朝天，干部们忙得连轴转，打了声招呼，喝了两口水，又匆匆忙忙地跑到工地上去了。在井泉村，热情的乡领导带我们参观了产业园和养殖场，了解了集体经济的发展与收益。

山坡上，田野里，那成片的脆红李，一层层，一垄垄，有一米多高，业主经营，立体农业，果树下，套种有药材，小麦扬花，豌豆嫩绿，蔬菜茂盛，一派生机。在井泉村的“思源亭”，党委周书记向我们介绍了一位年轻人，个子不高，瘦瘦的，他叫沈二娃，是位大学生，回乡创业，是养猪大户，也是村支书，他接受了我们的采访，话语朴实，言之有据，有文化，有思想，说起当初辞去教师岗位，还经过了一番思想斗争，才把一家人的工作做通，谈起今天的事业，他说自己不后悔自主创业的选择。是啊，当今的农村，多么需要沈二娃这样有担当有理想的年轻人，带领人民群众去脱贫奔小康，振兴乡村，去创造乡村美好的未来。

乡村是山水田园画，乡村是文明新风地，乡村是基层治理第一线，乡村在发展，乡村有希望，乡村留乡愁。结束采访，告别柏垭，我们在想，未来五年、十年的乡村，又该怎样呢？也许，乡村的发展中还会出现许多新矛盾和新问题，也许，随着改革的推进，区划的调整，柏垭乡的名称将不复存在，但共同村、井泉村一定会更加发展，稳步前进，一定会有更多的农民工返回故乡，加入自主创业的大军之中，如果有机会回访，那时，它该又是怎样一幅美丽的画卷呢！

走进化林村

夏日，乘着清晨的凉风，顺着蜿蜒绵亘绿树成荫的盘山公路前行，过了嘉陵江上游的亭子湖，就到了我心慕已久的化林村。

化林，是四川北部剑门山区的一个小山村，全村有13个组，567户，2053人，3700多亩耕地，自然条件可用“三山六沟八面坡”来概括，别小看这个小山村，在二十世纪六七十年代，它是“四川的大寨”，是农业战线学习的榜样，山水田林路全面治理，粮食棉花油菜年年夺得高产，对国家贡献大，农民分配高，是全省闻名的样板村与富裕村。由此，党支部一班人还分次到过北京，参加过党代会与人代会，交流过经验，受到党和国家领导人周恩来、李先念的接见，有的还到访过罗马尼亚，《人民日报》还在头版头条多次报道过化林的事迹，党支部书记张正桃还当选为全国人大常委委员、中共四川省委常委，并任中共剑阁县委第一书记。

岁月已逝，光阴留迹，改革开放之初，化林村与全国大多数农村一样，也犹豫过、徘徊过、摸索过，最终，他们选择了与时代同步，面对新形势与新情况，化林不少的年轻人开始到外打工，他们开阔了眼界，积攒了资金，修了房子，改变了生活条件，继而回乡创业，建设家乡。多年来，化林村支部村委一班人，解放思想，发扬传统，一届接着一届干，他们依托化林村的土地水利优势，大力发展粮油、畜牧、林果产业，走上了一条绿色发展的路子。现在，只要你有时间到化林的山山水水转一圈，你就会发现，化林变了，变得更加漂亮与美丽了，那绿色的田野，那宽阔的道路，那崭新的楼房，那房前屋后硕果累累的枇杷园，像是在向人们诉说化林的变迁与发展，支部书记张茂奇告诉说：十几年来，国家先后在化林投资了3000多万元，建新村、改水电、治环境、搞扶贫，全村修建水泥路28.6公里，实现组通户畅，实施“金土地”项目改田改土1100亩，整治标准化山坪塘32口，新建居民点2个，改厕改厨改圈171户，有61户221人已经全部脱贫。现在的化林，无论是基础设施，产业发展，还是村容村貌，都有了翻天覆地的变化，这得益于党的好政策，遇上了好时代，群众打心眼里高兴。

除此之外，近几年来，化林村还充分挖掘红色旅游资源，把红四方面军强渡嘉陵江北上抗日、建立化林苏维埃政权作为支撑点，结合社会主义建设时期留下的接待站、招待所、大礼堂、大队部等遗存遗物，大力发展乡村旅游，先后建起了红军纪念亭、文化广场、休闲长廊、步游道、观景平台，成立了村史馆。现在，只要你一进化林村，你就会看到三块醒目的牌子，一个是四川省第八批文物保护单位，一个是省级文明村，一个是国家AAA级红色旅游景区。化林人说，这三块牌子在他们心目中的位置很重，个个都是金字招牌。

顺着乡村旅游路往下走，你会看到满池的荷花，满堤的杨柳，村委会旁的中心水库，绿波荡漾，鹭鸟欢唱，休闲广场内，有一组雕塑，象征着化林人民的勤劳与勇敢。顺着石梯上去，你可看到当年支部书记张正桃的办公室，旧桌子、木凳子、煤油灯静静地陈放在那里，像是在等待主人的归来，那挂在墙壁上“爱国家爱集体，艰苦奋斗，勤俭节约”体现化林精神的标语令人动容。在村史馆参观，有一副对联特别醒目，“战天斗地乡亲难忘旧岁月；启后承先事业总须此精神”，馆内收藏有许多图片、资料和账本，细细地阅读化林的沿革，以及“大寨红花，绽放化林”“集体道路，越走越宽”“改革开放，同奔小康”等宣传栏目，别有一番感动，它记载着化林一段难忘的岁月，也记载了社会主义建设时期的奋斗史。据了解，仅1978年，化林村粮棉油亩产就分别达到了906斤、110斤和213斤，向国家交售公粮155万斤、棉花4.3万多斤、油菜2.8万斤。全村共新修水库、山平塘40多口，改田改土1000多亩，有汽车、拖拉机等各类机械300多台（件），基本上实现了农业耕作的半机械化，全村公共积累资金67.7万元，固定资产总额达70.4万元，人均劳动日值达到2元以上，这对川北山区的农村来说，是一份了不起的成绩。

出村史馆后门，登上几步台阶，沿水泥道前行，就是张正桃故居，一个典型的川北农家小院，故居不远处有一小亭，穿过亭子是桃园，那是老支书安息的地方，绿树成荫，花草芬芳，令人怀念。回到村委会，你还可以看到村上地震后修建的办公楼，虽然不是很漂亮，但还是比较宽敞与明亮，还有便民服务中心、日间照料中心、文化室、卫生室、理发点、电商服务等，应有尽有，老百姓办事方便多了，许多惠民政策，公示在墙，各类宣传资料，摆放有序，随手可取，特别是一幅旅游导游图，引起了我的兴趣，我问支书张茂奇，除了这里，还有什么地方可以看看，他爽快地对我说：“走，我带你到农户去看看。”顺着宽阔的村道往前走，有几处环境优美的三层小楼房，单家独户，果树环绕，碧草茵茵，支书如数家珍一样报上名来：“这家叫张培龙，那家叫张正春，他叫张培安，家里5口人，儿子媳妇在外打工，地震后修的楼房，家里开了农家乐和小商店，日子好过，小康不愁。”看完农家乐，支书高兴地说：“我们去看农旅产业园，看灰雁。”“是观鸟吗？”他笑着说：“是也不是，去了你就知道了。”到了原是集体加工厂的一排旧房里，毛茸茸的小灰雁叽叽喳喳地叫着跑着，十分可爱。“这是小规模的，还有更大的。”跟着张书记走，顺着一条宽阔的水泥道，车开到了村委会对面的九曲山上，只见好大一片果园，足足有100多亩，枝繁叶茂，鲜花绽放，蜂飞蝶舞。他介绍说，这就是四川雪银农业科技有限公司的农旅观光园与灰雁养殖场，雪银本名叫张兴长，在新疆开公司，发达以后，情系家乡，不仅捐资助学，还投资3000多万元搞起了农业综合开发，集观光旅游为一体，先后流转了200多亩林地，种特色水果，养生态鱼，还办起了6000多平方米的养殖场，主要养殖灰雁，实行养殖加工一条龙。按照要求，我们消毒后进入园区养殖场参观，所有的分割、冷链、储存设备都是不锈钢的，闪闪发亮，工作人员说，他们全是绿色喂养，不用任何添加剂，已经获得了“剑门飞雁”的注册商标，正准备扩大规模，可遇上疫情困难，只能慢慢来。

我们看到，在天蓝色的养殖棚里，一群群像企鹅一样的灰雁，正挤挤撞撞地往后面的山坡上跑，说这是绿色放养，等过阵子后，再分散到农户里去养，公司无偿提供雁苗，养大后按市价回收，然后深加工销售，这无论对企业，还是对农户，都是双赢的好事。看来，乡村的发展已经从传统走上了现代发展的路子。

站在郁郁葱葱的九曲山上，望着化林静静的山水，虽然没有了当年喇叭声声，没有了当年的灯火辉煌，没有了当年络绎不绝的参观者的身影，但这未必不是另一种风景、另一种发展观的实践，走进新时代，建设新农村，农旅融合大有前途。

一个场镇的消失与新生

由于发展与建设的需要，一些古老的场镇悄然无声地消失了，带着它独特的建筑与文化，永远地离开了我们的视野与生活，这不能不说是一大遗憾与损失，但它也由此而获得了新生，只不过，这种新生主要体现在基础设施与经济建设方面，而对于文化还有一个长期的过程。

张王乡位于嘉陵江边，地处两县三乡交界之处，自古以来，就是一个商贸繁荣的水码头，在这里，有古老的街道，有坚固整洁的石板路，有高高低低的立木房，有各色各样的门店，每到逢场天，街道上挤得水泄不通，生意做得风生水起，蔬菜瓜果、鸡鸭鱼肉、米面油盐、服装鞋帽、食品饮料，什么都有，什么都不缺。在张王，最让人难以忘怀的是文化与旅游，还有政府大院那几棵高大通直的樟树。在文化方面，它是全县最早命名的“文化之乡”，其文化表现在有一个固定的影剧院，有饭店有旅馆，有书法室，有绘画室，有作品展览室，有一支长期热爱文化的队伍，特别是非遗项目“张王唢呐”远近闻名，在好多地方都表演过。记得有一次下乡，晚上住在张王文化站，站里正忙着搞演出，有歌舞，有快板，有情景剧，还有小提琴独奏，一台带着乡土气息的文艺节目，让大家看得津津有味。张王乡的群众文化活动之所以办得有声有色，有一个人功不可没，那就是原任站长唐德丰，高高的个子，黑黑的皮肤，踏实肯干，待人热情，他是个有理想有追求的文化人，几十年如一日，他把自己的青春与热血都献给了山村的文化事业，张王乡文化站由此被文化部、人事部授予“全国先进文化站”称号。在旅游方面，张王乡资源比较丰富，森林覆盖率达46.8%，境内有极具研究价值的柏树树种，有国家保护的珍惜野生动植物大鲵、红腹锦鸡、獐子、银杏树、皂荚树、红豆树、香樟树等。广阔的嘉陵江水域，鱼类繁多，有很高的经济价值。此外，张王乡的张飞庙也远近闻名。据传，三国时期，常年在嘉陵江上以打鱼为生的人们遭到一伙强盗的欺凌，苦不堪言，民不聊生，时为蜀国大将张飞路过于此，听到人们的诉说后，满腔愤怒，遂命令其部属将经常扰民的一伙强盗一网打尽，深得人民拥戴。东晋时期，有两个长期在嘉陵江上漂泊的渔民来此定居，为过往客旅煮饭烧茶，继而于此兴场开市，加之场后一山，林木郁郁葱葱，蜿蜒如一条巨龙，遂取名“青龙场”（原场镇青龙街的由来）。明代时期，人们在江边修一庙，供奉张飞塑像并更名为“张王庙”。另外，张王还是红四方军渡江的地方，1935年，中国工农红军强渡嘉陵江后，于此设置张王乡苏维埃政权，红军北撤后设乡公所。1949年，新中国成立后，建立张王乡公所，划归剑阁县管辖。1950年8月，建立张王乡人民政府，治地在张王庙。

张王由张王庙而得名，其名至今已有几百年的历史了，世世代代，人们在这里安居乐业，繁衍生息，过着温饱不愁的农村生活。随着社会主义现代化建设步伐的加快，2009年11月25日，位于苍溪县的亭子口水利枢纽工程正式开工建设，张王乡属于淹没区，必须按时搬迁，其中涉及12家单位5个村19个组，需搬迁安置移民400多户，近2000人。2010年8月20日，经过有关方面批准，张王乡新集镇正式开工，经过三年多的艰苦努力，一座崭新的集镇建成了，库区移民全部搬进了新场镇，住进了新楼房。走在宽宽的街道上，你无不被那依山傍水、错落有致的新场镇所吸引，虽然，昔日的旧场镇消失了，古老的张王庙淹没了，但新建场镇却焕发出勃勃生机，散发出现代的气息，文化活动的场面依旧不减当年。站在场镇的高坡上，远眺嘉陵江水天一色的美景，令人心旷神怡，感叹顿生。我们相信，张王，依托亭子口水利枢纽与剑门关旅游大环线的有利条件，打造一个集山水、文化、农旅为一体的特色小镇的愿望一定能够实现，那时候，嘉陵江上，白帆点点，波光潋滟，人来人往，乡村旅游红红火火，一个更加兴旺繁荣的张王场镇将得以重现、得以延续。

山村八家人

在柳沟镇四五村的一个山沟里，有六户普普通通的人家，他们都是朴实忠厚的庄稼人，靠发展种养殖业和打工过日子，要说过得去也算过得去，要说困难却有些困难，他们的家庭要么有病人，要么缺技术，缺资金，要么缺劳动力，总之，在村子里，他们是被大家评出来的贫困户，享受着国家特殊的帮扶政策，经过六年多的努力，六户人家“两不愁，三保障”的问题得到了有效的解决，最大的变化是道路与住房，最好的保障是就医、上学与低保，他们是我的挂联户，对他们每一家的情况我都很熟悉，要问什么总能说个一二三来。

何东北家两口人，老伴常年有病，他家是异地搬迁户，房子是新修建的，但与儿子的房子连在一起，儿子一家在外打工，他一个人种了七八亩地，还养有小家禽。每次去他家里，他总在地里忙，站在院坝里喊一声，他就一身灰一身泥地跑回来，要填表就填表，要说情况就老老实实地说，从不隐瞒。他总是说，政府扶持你，你自己要努力，不能光靠国家；国家这次扶了你，不能永远扶你，发展还得靠自己。他的这些观点是真是假，我一时弄不清楚，接触长了，才知他与老伴都在外打了好多年的工，见过世面，长了见识，思想比较开明，对党的政策比较了解。他唯一的要求是希望镇政府把水泥路打到他的房门前，出入才方便，他家棘手的问题不多，主要是环境卫生比较差，院坝里，阶沿上，房屋中，到处都是堆的粮食、农具与柴草，经过多次的叮咛，他慢慢地改变了习惯，房前屋后干净多了。

离何东北家不远处，顺着水泥路往上走，是李玉莲老人的家，老两口都已年过七十了，又是老病汉，儿子一家异地搬迁到了另外的地方，且在外打工，他俩又不愿意搬走，考虑到他家的特殊情况，镇上经过反复商量，多方筹集资金，帮助老人新建了厨房、维修了居室、硬化了院坝，帮扶部门又给买了床被、衣物、桌凳以及厨具，使两位老人有一个温暖的家，日子能够过得好一点。在李玉莲老人的家里，他虽然偶尔也为儿子的事提点意见，但整体上还是讲理的。见着老两口，我总是劝他们，老了要相互关心，健康最重要。他们也笑着说，你不操心，我们过得可以。可以就行，其实这一大家人的事，几年来是人最放心不下的，好在有了一个比较圆满的结局。

李会泉家享受的是灾后重建政策，脱贫攻坚中，只需帮他修建厨房与养鸡房，他妻子重病去世，留下几大千元的债务，儿子在外打工，儿媳的户口没有迁过来，有两个孙子，家庭确有困难，他有时也有怨言，认为自己享受的政策没有别人多，心理有点不平衡。通过多次给他做思想工作，他也慢慢地转变了，他原来在外打工，年龄大了，就回家种地，他家的土地都在房屋前后，收种很方便，一年大小春要收好几千斤水稻、玉米和油菜，除此之外，他还种蔬菜、采金银花，到市场上去卖，换点油盐钱，他说：光等靠要不行，还得自己干。他的要求不高，希望把厨房从楼上移下来，人老了，爬楼不方便。

到陈光辉家，要走一段土路，遇上下雨天，总会弄一脚稀泥，他家也是异地搬迁户，妻子在家养病，陈光辉在西藏打工，一般要等到春节才回来。说起他家的事，还真有点曲折，他本是2014年的脱贫户，当时脱贫政策还不太明朗，只享受了三千元的产业扶持金，后来在“回头看”的过程中确定为建房户，经过几个月的努力，房子是建起了，可钱一直没有打到位，原因是脱贫后儿子一家分了户口，不能享受异地搬迁政策，鉴于这种情况，帮扶部门多次到陈光辉家听取意见，并组织扶贫、以工代赈及乡镇共同协商，依据相关政策，纳入“同步搬迁”范畴，享受地方补助，使矛盾最终得以化解，陈光辉又继续踏上了他的打工之路。

在四五村的小河边，舒友贵正忙着犁地，准备栽油菜，他见到我，老远就打招呼，他家三口人，妻子长年有病，一点农活也干不了，儿子在外打工，他一个人忙出忙外，他家也属异地搬迁户，房子是一楼一底的，他家主要靠种地与养猪、自己就近做点小工、开三轮车帮别人拉东西，一年下来收入还可以，儿子打工的钱只够自己花，存不下来。老舒很勤劳，能吃苦，话不多，生性乐观，他不愿帮扶人员为他家做过多的事，环境卫生自己搞，他的需求依旧是入户路，希望早日畅通。除此之外，老舒最担心的是妻子的病，说起妻子，他有苦难言，希望妻子能早一点好起来，像个正常人一样生活，儿子也尽快找到媳妇成个家，让他放下心来搞生产，早日过上小康生活。

李玉泉住在河沟里，房子异地修好后，一家人都到广东打工去了，很难见上面，每次都是电话沟通，偶尔一次，是他回家装修房子。他家三口人，女儿是癫痫，在成都做过好几次手术，除医保报销之外，家里欠了好大一笔债，实在很困难，见到他，他告诉说，女儿在家却无人看管，先是放在她二姨家帮助照管，后来只得带着女儿到广州打工，夫妇俩一边打工，一边攒钱为女儿治病，一家人的生活渐渐有了希望。可不巧的是，女儿的病复发了，再加之后来跌倒，女儿的病情愈加严重，无可奈何之下，夫妇俩只得送女儿回广元中心医院进行手术，手术后，本指望女儿快些好起来，可最终还是走了，一家人陷入了痛苦之中，料理完女儿的后事后，夫妇俩擦干眼泪，又搭上了去广州的车，继续为生活奔波。后来，我们通过几次电话，除了解有关治病报账的事外，也问问他们打工的情况，李玉泉告诉说，女儿走了他们很悲痛，但生活还要继续，家不能这样倒下，他们还要靠自己的双手把家重新撑起来，争取过上好日子。这就是李玉泉，一个普普通通的农民，却不惧困难，有一种坚强的生活态度，真是令人感动与尊敬。

在脱贫攻坚的帮扶工作中，我除了挂联柳沟四五村的六户人外，也在南庙村挂联过几户人家，令我印象最深的有两户人家，一是孙尚波家，二是孙正康家。

孙尚波家五口人，住得比较远，到他家要骑摩托走一段路，每次去他家都是村长的摩托送我，总觉得有些危险，不过习惯了也就不怕了。孙正波家享受的是地震灾后重建的政策，两万元的补助，房子修得不错，他家的困难是两个孩子读书，母亲常年生病吃药，在家务农肯定不行，他很早就出去打工了，妻子孙秀红在家种地养鸡、羊，夫妇俩一年收入勉强能供两个女孩读书，孩子们也争气，读初中、高中直到大学毕业，而且现在都参加了工作，一说到他家孩子读书的事，孙正波夫妇一脸的自豪，他说那几年孩子读书确实压力大，是义务教育扶贫的免学杂费政策帮了他家的大忙。其实，何止是他家呢？国家义务教育的免学杂费政策使得千千万万家庭的孩子不因贫困而失学、不因无知无技而代代贫穷。

说起孙正康，还真是有点了不起，他是一个上门女婿，女方的家庭够困难的，六口之家，岳母是长年生病，不是吃药就是住院，妻子与妻妹都是弱智，岳父与他是家里的主要劳动力，不幸的是其岳父在建房中又因脑溢血突然离世，家庭的所有重担都落在孙正康的肩上，他真有些承受不了，要走，这一家子咋办？要留，困难就大了，面对困难，他没有回避，也没有退缩。此后，他在扶贫政策的帮助下，专注发展家庭副业，种地、养猪、栽葡萄，一年过去，两年三年，四年五年，不仅脱了贫，而且家庭的日子也好了起来，他还被镇上评为脱贫攻坚的自强模范，儿子也考上了大学。

看到孙正康一家人的变化，联想到自己曾经帮扶的其他人家，真是感慨万千，脱贫攻坚不仅改变了他们的生产生活条件，也改变了他们的思想、他们的人生，也给予了他们奔向未来的希望！

又是高考的日子

只有参加过高考的人，只有有孩子高考的家庭，只有与孩子一起走过高考的父母，才知道高考是什么，高考意味着什么，高考对中国千千万万个家庭来说，并不是一个轻松的话题，它不仅是那紧张的每年六月的七、八、九日三天，而是一个漫长的过程，一个坚持的过程，一个煎熬的过程，一个充满希望和失败的过程，这个过程刻骨铭心，终身难忘。

女儿是去年高考的，那高考的一幕幕至今还浮现在我们眼前，从进入绵中的那一天起，高考的影子就挥之不去，三年的学习，三年的拼搏，三年的艰苦，三年的付出，不管孩子还是家长，都不是一句“辛苦了”可以概括的，可以说明的，可以诠释的，那一次次的周考、月考、期中考、期末考，一次次的排名，百名以内，五百名以内，千名以下，两千名以内，还有叫什么一诊、二诊、三诊的考试，更让人窒息得出不了声。孩子们考好了就高兴，考差了就丧气，有的甚至痛哭，而家长呢？一样的心情，随孩子成绩的好坏起伏不定，有时兴奋，有时低落，有时把痛苦埋在心底，不管怎样，都不能在孩子面前表现出来，不能再给孩子增加任何压力了，生怕影响了孩子，让她看出什么情绪的端倪，说真心话，高中三年，父母与孩子都是在压力下装出轻松与微笑，他们心里都清楚，就为了一个目标，一个中心，一个愿望，一门心思走到底，为了考上大学，不到黄河心不死，到了长城才好汉。

特别是到了高三，离高考的日子越近心里就越紧张，要么担心孩子的身体，要么担心孩子的心理，要么担心学校的伙食，要么担心复习的状况，要么担心试题的难易，要么担心考生报考的志愿……总之，没有哪件事不担心，甚至，一家一个考生，往往要上连爷爷奶奶，中连爸爸妈妈，下连若干亲戚朋友，上上下下，左左右右，前前后后，都是围着考生转，有时大量的工作只能在背后做，根本不能让孩子知道，在孩子面前，还得做出轻松的表现，以此来减轻孩子的压力，三年啊三年，多少个家庭都是在这样做，可不这样做又有什么办法呢？一家就一个独生子女，这个孩子就是全家人的期望，就是家族的未来，大家就一个现实的想法，不能让孩子输在教育上、输在起跑线上。

在高三的校园里，我们经常看到，有多少爷爷奶奶在给孙子送汤送饭，有多少爸爸妈妈在把孩子接进接出，有的甚至在学校里或在学校外租房，给孩子提供衣食住行一条龙服务，以保证孩子有足够的时间和精力去学习、去钻研、去拼搏，直到高考结束。

高考一结束，对孩子、对家长好像是解放了，轻松了，其实不然，高兴者有之，忧愁者有之，哭泣者也有之，考得好与坏，将决定上什么学校，选什么专业，将来就什么业，有怎样的前途和未来，由此种种，在家长和孩子的心中，重负和压力仍然难以排开，考得好的孩子，开朗大方的孩子，还能够面对，考差了一点的孩子，要么不敢面对，要么不愿对题，要么回避考试的事，要么不见同学和朋友，直到成绩公布的当晚，几家欢喜几家愁。

接下来就是填报志愿，又是考验孩子和家长智慧的时候。大多数家长认为，只要过了省定录取线，上重本、一本、二本、三本或是专科就没有什么问题了，实际上达到了省定录取线，你只是有了一个资格，真正决定能不能被好的大学录取，志愿的填报非常关键，志愿填不好，就是考了高分也不一定走得了，这中间有知识问题，也有技术问题，作为孩子，他不一定懂，作为家长，也未必就懂。但孩子讲的是学校、是城市、是面子，是荣誉，而家长讲的是专业、是就业、是出路、是现实，有时二者之间的矛盾还很激烈，到了不可调和的地步，最终还得找人参谋，或请专家咨询，改来改去，父母与孩子达到基本的统一，才能定下来完成志愿填报，实实在在地讲，就填报志愿来说，谁也没有底，有一种赌的感觉，有赌赢了的，也有赌输了的，当然，认真分析孩子的成绩、分析学校和专业是十分重要的。

志愿填报以后，就是等大学录取通知书，这也是一个漫长的过程、一个痛苦的过程、一个煎熬的过程，早拿到，当然好，来迟了，也还可以，可怕的是最终没等来录取通知书，那可是家长和孩子最失望的结果，实在没有办法，只得去复读，可复读下来情况又如何呢？谁也说不清楚。

想起高考，想起女儿，想起我们一家人手挽手走过高考的历程，至今心里还有一种温暖、一种自豪、一种震撼。

新县城断想

住在下寺，每天与新县城打交道，已无时不感受到它的存在，它的变化，它诱人的魅力，也许在别人的眼里，这里根本就不是一个城，只是一个镇，抑或是一个新县城的雏形，但无论怎样，我都会说，新县城的未来是迷人的，是会光彩夺目的。

（一）

每当我驱车走出剑门关，轻轻地驶往新县城，在通往天地大道的清江桥上，心里别有一番感慨，这就是连接老县城与新县城的清江大桥，几年之前，这里还是沙滩、还是乱石，在距此不远的地方，就是沙溪渡，因为没有桥，无数的车辆行人都必须靠渡船撑过，小小的沉沉的渡船，渡过了多少春夏秋冬，渡过了多少悲欢离合，清江河无语，它叹着，等着，更令人心碎的是，大水一发波涛汹涌，一片汪洋，沿河两岸，不得相见，人民的生命与财产，埋入滔滔洪水之中。记得1998年那个漆黑的夜晚，同事的母亲病了，过不了河，我只得同他绕道矮子桥，雨大路滑，车去不了，我们只得冒着暴雨，踏着泥泞，沿着铁道的边沿走，火车开过去的时候，我们就踩着枕木走，枕木上可不是好走的，迈一步太近，迈两步太远，水鞋与枕木着力很重，震得脚酸痛，钻山洞时，洞里的水滴落在身上，冰冷刺骨令人打着寒战，呜呜呜，火车来了，吓得人心惊胆战，怕被碰得粉碎，短短一段路我们走了一个小时，才到达下寺镇。此时，洪水已退，同事的母亲已被人从洪水中背了出来，那夜，我住在下寺镇一个小小的旅馆里难以入眠，第二天一早，我徒步走向清江河，望着被洪水吞噬一空的大桥建设工地，我心里好痛。我想，要是桥能早日建成，清江河的洪水就会乖乖地顺流而下，沿河两岸的人民就会安居乐业，现在，桥通了，灯亮了，人们欢声笑语从桥上走过，他们心里要多甜有多甜啊。

（二）

滨江路是一个城市的风景、一个城市的腰带，它是那样靓丽、那样动人。新县城的滨江路，足足有三公里长，它既是新县城的防洪堤，又是新景点，尽管这个新景点还在建设中，但再过五十年，谁说这里不是晚风习习、杨柳依依、江水悠悠呢？住在新县城的一个傍晚，我抑制不住对滨江路的好奇和偏爱，约了同事，步行滨江路。夕阳下，白云冉冉，河风轻拂，我们顺着天地大道步行，憧憬着新县城的未来，说着新县城的好事乐事，然后从滨江路的尾端往回走，尽管河沿上沙石成堆，路很难走，但我们兴趣盎然，站在滨江路，望着夜幕下蜿蜒的高架桥，望着农民小洋楼里映在河中的灯光，使我想起了老县城的滨河路，它虽然不长不宽，只有疏疏杨柳，但却给人带来希望、带来愉悦，我相信春去秋来，新县城的滨江路将会魅力无穷。三公里的滨江路，我与同事足足走了五十分钟，虽然很累但心情十分畅快。

（三）

提起广场，老县城的人们心中总是有气，那块不大不小的体育场是他们心中的情结和圣地，然而后来却被温州商人开发了，体育场搬到了大礼堂，老年人终于有了一个健身娱乐的地方，他们的心也渐渐安定下来，也许老县城离新县城太远，老年人难以近距离地感受新县城的广场，但那广场无疑是宽阔的，也是美丽的，而且还有音乐喷泉，广场的前方是宽阔的大道，后边是巍峨庄重、别致淡雅的行政中心。抽出时间，我独自一人走进广场，那宽阔，那平坦，令人舒心和欣喜。哦！广场，那高高的旗杆和鲜艳的红旗，不正代表着一种信仰、一种执着、一种奋斗的精神！有这种信仰和精神，在未来的十至二十年里，一座带有蜀汉风格的山水园林城市将矗立在世人面前。

（四）

感受新县城，新县城值得感受，水通了，电通了，气通了，路畅了，来来往往的车辆多了，人也多了起来，生意也渐渐旺起来，走进沙溪园区的农贸市场，瓜果蔬菜、鸡鸭鱼肉应有尽有，酒楼宾馆、美容美发红红火火，就是修城园区，县城的个体老板们也使出浑身解数，在这里设摊点、开分店，他们把新县城作为生意的拓展、创业的新起点，也许初来乍到的县城人对这里的生活工作还不是很习惯，但慢慢他们会习惯，也会发现，这里是一片热土，一片充满生机与活力的热土，在这片热土上，先期的人们以他们极大的勇气和胆略，为后来的人们开创了基业、奠定了基础，人们不会忘记那些为新县城基础建设做出贡献和努力的人们，也许这才是起步，才是万里长征的第一步，离我们的目标还很远很远，但我坚信，新县城是会发展的，是会前进的，是会在一代一代的人的艰苦努力中走向繁荣和兴旺的。

感受新县城，热爱新县城，这种感受和热爱是那样真切与深厚。

最忆是剑中

每当我走进剑阁中学的大门，无论是去采访、去请教、去办事，还是去看望那里当年的老师与同学，总让人感到亲切与温馨。那长长的石阶，那青青的草坪，那熟悉的旧平房，那新建的教学楼，都会激起我感情的涟漪，剑中，母校，我能对你说些什么呢？是你培养了我、铸造了我，是你给了我知识与力量，给了我自信与坚强，才使我踏上了新闻工作岗位，继而为党和人民贡献出自己一份小小的力量。

（一）

在剑阁中学，我赶上了最好的读书时代，二十世纪八十年代初，剑中有一流的老师、一流的质量、一流的学风，可以说，那时候的剑中确有一种立于不败的向上精神，老师追求成就，学生追求优秀，整个校园被浓浓的学风所包围，晨风中，夕阳下，操场上，走廊边，节假日，星期天，你随处可以看到捧书苦读的同学，也许，这是高考的趋势，但那种志在必得、志在成才的精神永远值得倡导与学习，它代表了二十世纪八十年代青年无悔的追求和一代良师的教育成果。

（二）

由于职业的缘故，我对剑中历届领导和老师们都比较熟悉，特别是对他们取得的一次次高考的成就，从内心感到欢欣鼓舞与激动。因为，它是我的母校。

难以忘记，那一届届优秀的领导，夏立耘、付福高、赵玉祥、彭清田等老校长与老主任，以及随后的陈荣生、雍思政、戴勇、杨松林、李安全等领导，他们都为剑中的发展做出过艰苦的努力与不可磨灭的贡献，剑中校那一砖一墙、一梯一坎、一草一木，都包含着他们的心血与汗水，也包含着党和政府的关心与社会各界的支持。

永远记得，那一批批可亲可爱的老师，他们学识渊博，教学有方，其教诲，其训导，其品德，都使我们终身受益。李光伟、梁国均、贾映斌、刘鸿载、蔡国才、何耀武等，他们都直接或间接地任过我的课，我想念他们，怀念他们，也感谢他们教我如何思考和辩证地看问题。赵德普与徐淑英两位老师在了解我的困难后给予了我无私的关心与帮助。

（三）

在剑中，我不是最优秀的。由于偏好语文，忽视了外语，吃了偏科的苦果，高考失利。但我又以较好的写作基础考上县广播电视局的记者，后来虽然离开了剑中，但仍然得到老师们的教诲与鼓励。曾记得，在东门大桥，李光伟老师给我指点迷津，要我放弃高考，抓好工作，站稳脚跟，然后去读新闻专业。曾记得，在一天夜晚，梁国均老师拍着我的肩膀，鼓励我好好干下去，雍思政老师在任时，指导我修改有关文章。还有，当一部部专题片播出受到观众好评时，贾老师打电话来表示祝贺，而付校长每次见了我都面带慈祥的微笑，问我的工作生活与进步情况。曾是我的同学后任剑中老师的杨锐根、郑开军，我们时常相聚畅谈，相互鼓励，一点一滴，都使我十分感动，正因为如此，我对同学心存感激，对老师心存敬仰。我因采访爬过剑中每一层楼房，走过每一间实验室，参加过剑中专场文艺直播活动，也曾怀着沉痛的心情送走了赵德普、李毕、王定琦老师……

我与奔赴全国各地的剑中校友一样，也十分关心剑中的建设与发展，而我所能做到的，就是利用我手中的话筒与摄像机为剑中母校做好每一次宣传报道，让社会各界都来关心支持我们的剑阁中学，让剑阁中学在全省永葆名校之本色。

（四）

人，再长多大，都忘不了儿时的摇篮；再走多远，都抹不去对母校的记忆。在剑中迎来70周年校庆之日，那些我朝夕相处、寒窗苦读并已事业有成的同学们，那些把毕生精力献给剑中而今已退休的老领导、老同志们，那些在剑中从教多年后又调出剑中现已在省内外重点院校任教的老师们，让我们团聚，让我们欢喜，让我们同忆剑中的过去，共话剑中奋发的今天和希望的明天。

师恩难忘

一个人的成长，除了父母的生养之外，很大一部分源于教育，而教育主要是靠老师，老师的关心与教诲、老师的责任与担当，往往影响一个人的一生。

我的小学老师名叫肖师琪，是重庆铜梁人，在解放后就到我们村教书了，当时没有专门上课的地方，就在同心村王家岩的一个祠堂里授课，几扇大门，高高的门槛，小学生翻都翻不过去，有时还要人抱才能进去。肖老师一家人都住在这里，他一个人教书，低年级与高年级学生在一起上课，复式教学，实在是不好教。后来村上修了一长排土墙房，学校搬到了离孙家河不远的地方，新增了几位民办老师，年级也就多了起来，肖老师在村里教的时间比较长，有的人家几代人都是他教的，没有人不认识他，有的孩子连名字都是他起的，后来他去了鹤鸣中心校教书。他逝世以后，儿孙遵遗嘱把他埋在了他最初教书的王家岩，这让村里的人感佩不已。肖老师是我的启蒙老师，从学拼音开始，我就跟着他读书，那时家里穷，交不起几元钱的学费，准备辍学，他就报请上边给我减免了，使我没有成为当时的失学儿童。肖老师的家属有病，好多家务事要他自己做，记得他家的面条通常要到我们队里压，我有时帮着摇压面机，等面干了收好还给他背回家去，他也舍得送我一些好吃的东西。在同心小学，有王明阳、王明兴、孙朴珍等几位老师给我上过课。

小学毕业后上了初中，当时叫帽子班，有多位老师教过我，其中罗润、王正元、田之寿令我记忆深刻，初中毕业未有机会推荐上高中，只得回家参加劳动，恢复高考以后，中心校的陈元宰老师动员我去复读，他是教语文的，又是我的班主任，特别关心我的学习，使我的语文成绩提高很快，而且由于我的作文写得好，他时常表扬我，我也对未来充满了信心。他是盐亭人，剑阁师范毕业，在教育局文教科工作过，后又到南充师范进修了本科，先后辗转在白龙、北庙等地教书，后到鹤鸣中心校任教。他的家安在城郊公社的唐家坪，离学校很远，家里子女多，许多事做不过来，我与其他同学还帮忙做过。在此后的岁月里，陈老师与我的关系一直保持得很紧密，不管是读书，还是到广电局工作，有什么事我都愿意给他讲，让他帮忙出主意，直到他生病住院，我还到他的病榻前看望他，病逝后送他归山，他的深深恩情令我难以忘怀。苟明湘是我初中复读时的数学老师，那时他刚从剑师校毕业，分配到鹤鸣中心校任教，在教学中，他认真负责、有问必答，除了大课堂以外，还在寝室里给我补课。在考上剑阁中学重点班后，我准备放弃，他还亲自到家里给我母亲做工作让我继续读书，我后来工作后，还到最偏远的长岭小学去看望他，在他改行到工商局工作后，我们联系就更多了，既是师生关系又是朋友关系，一生未变。

高中生涯是我最重要的学习时期，无论是价值观的形成，还是知识的积累，都有一个大的上升，最初在重点班读书，是梁国君老师上语文课兼任班主任，罗光镜老师教数学，何跃武老师教英语，当时的重点班，是从全县各处招来的优秀生，竞争力很大，人人都想考大学，农村孩子都想脱掉“农皮”，谁也不想落在后面。后来我生病了，休学一学期，到了赵德普老师的班上，这时李光伟老师教语文，刘洪载老师教数学，他们都是剑中校最有名望的老师，我受到了最好最严的教育。后来文理分科，我被分到了文科班，是徐淑英老师当班主任。徐老师对学生非常好，总是循循善诱，从不发脾气，因为她知道，文科班的学生都是经过预选或高考落榜下来的，基础较好，只要稍加努力，就是可塑之才。贾映斌老师是我文科补习班的语文老师，他的古文教得好，能把《红楼梦》里的古诗词随口背出来，他先在木马中学，后调到剑阁中学，他对学生也很好，好多学生都受到过他的帮助。他的性格比较独立，有思想，看不惯阿谀奉承的人，在他退休以后，经常爱骑着自行车在县城里锻炼身体。他逝世后，我们几位同学还参加了他的追悼会。学校的教育，是基础性的，但也很关键，没有老师们的悉心教育和艰苦付出，学生再怎么聪明，也难以学业有成。

我高中毕业后，偶然的机会，考聘到广电局做新闻工作，这在当时的县里头，还是第一次听说“合同工”到机关当记者这件事，带我上路的李金河老师，他当时是新闻编辑股的股长，改革开放后，成了组织部长、县委副书记、广元广电局长和教育局长。李老师“文革”前毕业于四川大学中文系，最初分配到剑阁川剧团当编剧，后到广电局负责新闻。我当时知道新闻，但不知道怎样写新闻。记得第一次到外采访，是去剑阁中学了解高考的事，开了座谈会，结束后他要我写一篇新闻稿，我不知道如何写才好，就把座谈的东西全记录了下来，李老师看后说，这只是一个采访录，不是新闻稿。至此，我才真正知道，新闻这个行业的专业性，是如此之不同。在新闻这个行业里，称得上老师的是老局长王银生，他能写能修能管理，他手把手地教我改稿，使我受益匪浅，是他严格的督导与要求，才使我慢慢地成长起来。在新闻这个实践性很强的岗位上，我还有几位通讯员老师——王宗成、李登禄、田中锦、张文武、田兴荣、王体生，我跟他们学习了不少东西，有的还成了忘年交，一生情厚，至今难忘。

走上工作岗位后，社会的需要，人才的竞争，自身的发展，都需国家承认的文凭，而且显得尤为重要与迫切，我不得不上了成人高考。在绵阳北广干训班上，我遇到了省广电新闻系统的陆原与康庆良，他们是新闻界的前辈，他们的理论与实践，对我以后学习与研究广播电视新闻宣传有很大的帮助。而班主任王幼兰老师对我坚持学习走出困境起到了非常关键的作用，当时单位不报账，全是自费，我的工资不高，压力很大，王老师多次给我写信，鼓励我克服困难，坚持下去。为了给我看病，他还到绵阳中心医院预约老专家给我检查，让我放下包袱、坚持学习。她与随后任班主任的何芳老师为了解决我的困难，还动员平武的任朝义、北川的任云祥、广元的将名成、纪云先等同学，每月集中学习后，帮我结一晚住宿费，以减轻我的负担，这是多么大的帮助啊！至今想起来，仍然是温暖于心、热泪盈眶，谢谢我的老师们，不管今天你们在哪里，不管是健在还是离去，我都记着你们、想念你们，因为在我人生的奋斗过程中，你们都给了我知识，给了我力量，给了我希望，给了我一束永不熄灭的光芒。

住院散记

人们通常不喜欢去医院，可又没有人能保证一生不到医院，既然到了医院就得听医生的话，好好治病、好好吃药，该看门诊看门诊，该住院就住院，直到病愈出院。当然，如果只是一般的疾病，不是命悬一线，在住院期间，除了检查与治疗，你可以打电话、听音乐、看电视、读自己喜爱的书籍，还可以与病友聊聊天，了解他们的病况、遭遇以及人生经历。有时经过医护人员的允许，还可以到住院部外边的走廊、广场与花园里去走一走、看一看，了解一下医院的环境、布局、发展与业务状况，再寻找一些自己熟悉的事物，来丰富你的记忆，这也是一种休息、一种乐趣、一种转移注意力的治疗方法。

这是位于卧龙山下的一座千年古城，在这里，有一所医院叫剑阁县人民医院，它建于1950年，在我的心目中，它既熟悉又陌生，说它熟悉，是因为它的过去、它的历史、它与自己千丝万缕的联系；说它陌生，是因为它的变化、它的发展、它追赶现代社会的步伐。记得最初的县医院，只是几处砖瓦房与木板楼，后来慢慢地拆了平房，建了门诊楼与住院楼，而现在，不仅有了普安、下寺近4000平方米的两个院区，有了内、外科大楼，而且投资7000多万元的综合大楼正拔地而起，它像一个小巨人一样屹立在医院的中央，要仰着头才能望到顶端。现在，剑阁县人民医院有床位760多张，有职工640多人，有3大中心26个医疗医技科室，是一所集医疗、教学、科研、预防保健及急诊急救为一体的国家三级乙等综合医院，它承担着全县68万人口的医疗救治任务，这是一份沉甸甸的责任，也是一份了不起的成绩，更是一件事关人民群众的身体健康的大事，有了好的医院，有了好的医生，就有了病人的安心与放心，一些可治能治的病，再不必往大城市跑了，就近就可以解决问题。在这里，有一个比较优美舒适的环境，虽然场地不够开阔，但仍然可以自由活动，治疗之余，你可在银杏树下的石凳上歇凉，可以到院后的球场上散步，可以到右边的小园欣赏花草树木，拍几张你满意的照片，珍藏在手机里；在这里，如果不是下雨天，你还能迎接清晨的第一缕阳光，在月亮的清晖里入眠。当然，你也会看到医生护士们忙碌的身影，患者家属们焦急的神情，救护车的进进出出……在这里，如果你是病人，你会得到医生详细的诊断，护士周到的护理，查房、配药、输液、测体温、量血压、换床铺，对个别比较挑剔的病人，她们从不发脾气，总是用笑脸与真诚去化解病人的情绪，让他们平静下来，配合完成治疗程序。有时，病人因没有亲人照顾，她们就主动承担起照顾的责任，让他们有家的感觉。我的一位同室病友，性格大大咧咧，时常忘了吃药打针，有时到外乱转悠，护士见了，总爱提醒他，有时也善意地批评他，后来他就慢慢地改了，听从医护的叮嘱。对医护人员的工作，病人们背地里也会议论与评价，哪位医生的技术好，哪位护士插针轻，哪位性格好、爱开玩笑，哪位比较严肃、有点怕。总之，病人与医护之间，有说不完的话题，道不清的一种感情依赖，不管怎样，信任是医患关系的基础，恶意者是例外，而绝大多数的医患关系是正常的、友好的、真挚的，但愿随着改革的深化与社会的进步，医患关系会越来越好。

住院期间，迈步在医院的林荫大道上，望着住院大楼那闪着红色灯光的字样，我的思绪仿佛回到了以前的时光里，女儿出生在清晨，哥嫂的手术是在夏天，岳母的治病是在秋天，岳父的抢救是在地震那年。一切都是在这里，都是在这个医院，它留给我的记忆实在是太多太多。还有，那些在这里工作了一辈子的同学、朋友、老乡和晚辈，他们在这里生活与奋斗，春夏秋冬，寒来暑往，他们默默奉献，无怨无悔，不论是作为普通的医护人员，还是作为建设者、管理者与领导者，都对这里充满了感情，他们全身心地投入，创造了许多的奇迹，也留下了许多的不舍，虽然有的人已经离开了这个世界，而我，作为一个普通的就医者，对它更是难以忘怀，剑阁县人民医院，它不仅是一个治病救人的福地，也是广大病员的温馨之家。

搬家忧喜录

说起搬家，总有说不完的话、忆不完的事，有的较早，有的稍迟，有的简单，有的复杂，有的轻松，有的沉重，有的需人帮忙，有的需要自己扛。

记得最早的一次搬家，是在农村一个叫王家嘴的地方，我家姐妹兄弟五人，三个姐姐都出嫁了，哥哥已成家，但未分家，已不记得具体是哪一天，说要分家，我与妈妈住大院子的两间房，哥嫂住小院子的房子。要搬的东西不多，比较简单，除了粮柜床铺，就是锅碗瓢盆，没有什么值钱的东西。之后的几次搬家，是已经进城工作的事了，大概是二十世纪八九十年代，最初考聘到广播局做新闻编采工作，临时住在大门口十多平方米的房间里，先是我一人住，后来是我与同事张文武一起住，吃饭在县委伙食团，饭票要自己买。后来可能由于大门口住人，有碍观瞻，就搬到上楼梯口的第一间房间，与原来的房间一样大。那时我通过了成人高考，上了北京广播学院绵阳干函班，学的是新闻编采专业，三年的艰苦学习后，终于以优秀的成绩毕业，取得了国家承认的文凭，最后赶上了国家的“五大生”招干政策，成了一名正式干部，挂在乡镇企业局的下属企业，实际在局办公室做文秘工作，这就有了我的第三次搬家经历。当时搬家也没有过多的东西，主要是几大纸箱的资料与书籍，是企业局下属公司派的一辆双排座车帮我拉的，住的地方还不错，在办公楼上的五楼，大约三十平方米，里外间，里间是住宿，外间可以烧炉子做饭，有些东西放在过道里。在这里，我安了家，结了婚，家具是岳父母送的，但没钱买电视机，找了一张长虹牌彩电票，不得不送给别人。1991年，电视剧《渴望》正热播，每晚就到邻居王会计家里观看，直到看完才回自己家里。后来，因工作与专业原因，广电局的罗局长调我回原单位工作，主要是做广播电视宣传工作，这样，我又得搬家，多了几样木质家居，几大箱资料与书籍又跟着我回到了广电局，住的是办公楼下的旧房间，有两室一厨，比以前好多了，但一下雨就潮湿。在这里，我们有了自己的小宝贝王景，我忙采访，妻子教书，我们陪她慢慢成长。后来，广电局买了鞋厂的地基，修了一幢楼房，成家被分到了六楼二号，一百二十多平方米，四室一厅一厨两卫，这是1997年的事了，当时我已经升了职，独立负责一个单位的宣传工作了。这次搬家，依旧是旧家具与资料、书籍，不过添了彩电冰箱，有了自己的书房，书籍放了满满几大架，读书人终于有了一个“家”，舒心极了，这下以为不搬家了。谁知世事难料，剑阁县城要迁址，从普安镇迁到了下寺镇，起初是租借沙溪坝农户的房子，办公楼建起后，又搬到了办公楼上住。在这里，从2002年至2011年底，我经历了县城搬迁、广电大楼建设、广电光纤大联网、“5·12”大地震等历史性事件，给我留下了难以磨灭的印记。2012年1月1日，我调到县委宣传部工作，这回又得搬家，好在自己在修城坝的清江河旁买了一套房，一百多平方米，比较好安排，随我搬家的东西不多。由于房屋装修风格的变化和功能需求的增多，需要的木质家具少了，更多的是重新购置的空调、电脑与数字化彩电，当然书房是必须的，书架上的书更多了，内容更加丰富了，哲学的，文学的，什么都有，要说全读完，肯定不可能，只能选择性地读，需要什么读什么。这时，妻子也调到了龙江小学教书，而女儿已经研究生毕业，在北京参加工作了，社会与家庭，正随着时代的步伐朝更好的方向发展，而自己的青春岁月已不再有，迎接自己的将是另一种人生。

莫道桑榆晚，红霞尚满天，但愿，此生不再搬家，守着现有的家，安静、平和、快乐地生活，直至终老。

三棵树

在我的记忆深处，最熟悉的不是这里的山、这里的水、这里的人，而是这里一个个响当当的具有浓郁地方特色的小地名，沙溪坝、修城坝、大仓坝、拐枣坝。坝者，平地也，黄庭坚在《谢杨履道》有诗云，“君家水茄白银色，殊胜坝里紫彭亨”，可见“坝”之肥美，物产富饶。“坝”是下寺人赖以生存的土地，“坝”是他们心灵的家园，在下寺的几个宝贝一样的坝子中，叫得最响的还是沙溪坝，这倒不是我对其他几个“坝”有什么看法，而是因为工作生活的缘故，对那里太了解太熟悉了。在我的心目中，沙溪坝就是下寺，下寺就是沙溪坝，尽管是犯了常识性的错误，但我还是愿意这样理解它。沙溪坝既是火车的停靠站，也是当时人们背包提袋出川来往的要道口。后来，区域规划调整了，下寺划了回来，撤乡建了镇，高速公路开通了，县城开始迁址了，于是沙溪坝慢慢地热闹了起来，成了新城建设者最早的立足之地，随之一个个有模有样的小地名又冒了出来，“三棵树”便是其中之一。

（一）

三棵树，其实最早没有树，沙溪坝新场初建之时，就那么一条主街，两排新砖房，不高不矮，空空的门面，没有几家做生意，后来有了开饭馆、旅店的，有了卖烟酒的，最早算得上“超市”的是场头一家不起眼的批发部，店主姓杨，女主人姓吴，四十多岁，下寺人，夫妇俩勤劳朴实，热情好客，不仅生意做得不错，而且还在店铺前搞了绿化，栽植了三棵法国梧桐。你可别小瞧这梧桐树，祖籍来自欧洲，是不是法国的，就真的不知道了，它春荣秋枯，树干雄伟，枝繁叶茂，是世界著名的庭荫树和行道树。当时在下寺想找一棵树，找一块躲荫的地还真找不到，唯此三棵树，开了街道绿化的先河。

在店主的精心呵护下，渐渐地，梧桐长高了，长大了，枝叶茂盛了，像一把把撑开的巨伞，可以遮风避雨，来这里纳凉、闲聊的人多了起来，主人见此，索性搭好凳子、备好开水，让那些先期到下寺安营扎寨的人们，苦了、累了、渴了、饿了、闲了的时候，在三棵树下打打扑克、斗斗地主，笑一笑，乐一乐，短暂地休息，就像回家一样随意和放松，三棵树由此而出名。三棵树出了名，店家反而叫不出名，但生意出奇得好。不过，对外地人来说，三棵树并不是一个好找的地方，因为它不在行政中心，也不在什么黄金口岸，有人以为，三棵树，肯定是有像翠云廊一样的苍天大柏树，殊不知，这是一种错觉，它就在一个很平常很平常的地方，树不在高，有名则灵，人不在贵，致富在勤。

（二）

人有人缘，树有树缘。与三棵树有缘，是因我天天要路过那里，要到店里买东西，每天都要与它见面，一来二去，就对梧桐有了感情，时不时要到树下去坐一坐、歇一歇、想一想。当时刚到下寺，无处立足，一帮人借住在广电站里，后租住在三棵树前边的巷子里，最后租在滨河路的民居里，小小几间房，既办公又睡觉，同时是节目转播机房，吃饭要么自己煮，要么街上找着吃，饱一顿饿一顿，后来有了伙食团，结束了打游击的日子，但终归没有家的感觉，创业之初，又何曾为家呢？工作嘛，就是责任，那压力可想而知，办公何处？机房何处？网络何处？传输何处？土地何处？钱从何处来？人往哪里去？个个都是棘手的问题，个个都需要付出千倍的努力去及时解决，可解决问题的金钥匙又在哪里？一靠智慧，二靠实干。

几度寒暑，几度春秋，梧桐树的叶子黄了又青，青了又黄，树在成长，事业也在慢慢壮大，是领导的重视，是班子的团结，是下寺镇和沙溪村干部群众的理解与支持，是广电干部职工自身的努力，是来自各个方面的帮助，才使一个半拉子工程的“招商花园”终于变成了巍然挺立的广电中心。也许，在县城大大小小的搬迁中，这都不值得一谈，但只有亲身经历过的人，才真正体味它的辛苦与甘甜，就像那梧桐树的叶子，经过寒霜才知其金黄的分量。三棵树，见证了广电的创业、广电的发展，也见证了新城的建设、新城的崛起。

（三）

沙溪坝，是下寺的一个地方，三棵树，是沙溪坝的一个名字，冷冷清清，平平淡淡，它因栽植梧桐得名，也因人们享受阴凉而被偏爱。起初，在新县城还没绿化的时候，它以绿色示人，一枝独秀，给人以启迪，给人以希望。后来，县城开始了大建设、大绿化，高楼迭起，道路纵横，山头上、广场内、街道旁、沿河岸，有了树，有了花，有了草，有了人们休闲、健身、娱乐的好去处，人们似乎不再记起三棵树，三棵树好像失去了往日的辉煌，但三棵树的名字仍然深深留在人们的记忆里，我爱这个名字，我不会忘记它。

长岭情

长岭，是剑阁南边的一个乡，它原来的名字叫复兴。第一次到长岭，是坐班车在金仙下车然后步行，翻山越岭去的，当时是去看望一位在长岭小学教书的老师——他曾经是我的班主任，我们有着深厚的师生情谊。

长岭，它的出名与升钟起义紧密相连。1930年春，剑阁袁家沟就建立了党支部，1931年下半年，建立了中共剑南边区委。南部县的升钟寺于1932年11月中旬，爆发了农民暴动，也就是升钟起义。剑阁这边的地下党组织，是从南部那边发展过来的；当时袁家沟、涂山一带有400多农民和游击队员前往升钟参加起义。在升钟起义中，由于敌我力量悬殊，又因剑阁伪县长吴龙骧以及南部、阆中、盐亭几县的围剿镇压，升钟起义失败了，剑阁长岭一带在这次事件当中有22人被反动派杀害。烈士鲜血没有白流，红色的土地养育了更多的英雄儿女，他们在社会主义建设与改革开放中各展英姿。长岭人铭记历史，不忘初心，当初简朴的烈士陵园现在已经重建，成了爱国主义教育基地，供人们前去瞻仰与祭奠。

在我的记忆中，长岭又因红橘与鱼而远近闻名，红橘因土壤与气候所赐，而鱼又因升钟水库天然湖水所养，吃起来格外鲜美可口，不少外地的游客专门开车到长岭吃鱼。长岭乡是升钟水库淹没区，库区移民为下游的灌溉做出了巨大贡献，不少移民搬迁到外地安家落户，就近安置的农民也因为库区淹没，出现了上学难、就医难、过河难等问题，后来在省、市、县的共同帮扶下，问题逐步得到了解决。记得当时我们承当的任务就是解决沿湖两岸人民群众听广播看电视的问题。当时没有桥，运送设备器材靠船和人工肩挑背磨，早晨出去要晚上才能回来，三年多时间，我们联通了沿湖两岸好几个村的有线电视。

在架设过湖钢缆与光缆中，我们全局干部职工带着干粮在湖边干了整整一天，才把光缆架到了对岸，碧水蓝天，高空作业，心悬一线，终于在夕阳西下的时候，圆满地完成了架设任务，并把电视信号通到了农户的家中。望着老百姓那高兴的笑脸，我们有说不出的喜悦。如今的长岭，已经发生了天翻地覆的变化，大桥建成了，场镇拓宽了，道路修通了，房屋改善了，沿湖两岸的人民群众走农旅结合的路子，也脱贫致富了，他们在小康的路上越来越自信，越来越有奔头。

德园

山岭起伏，翠柏成荫，花香四溢，满园春色，这就是德园。德园位于剑阁至高池的公路旁，是一处带有典型川北风味的小山庄，它朴素典雅而又不失美丽精巧。顺公路而下，要不了几分钟就到了德园，德园四周有围墙，夏日里藤蔓依墙，繁花点点，落英缤纷。走进浅色的大门，放眼一看，满园桃红柳绿，奇花异木，点以假山怪石，清泉流水，大有“多方胜境，咫尺山林”的江南园林特色。在这里，你可以信步观景，独享幽趣，也可以悠闲自得，随意聊天，还可以对弈品茗，挥毫泼墨，有一种回归自然、宁静安逸、赏心悦目的感觉。说起这个德园，还真有点故事，它原先是一个小荒坡，村上开发种植了猕猴桃，后来猕猴桃没成气候，又被荒废了，再后来，德园的主人将它买过来，把家从另一个村迁到了这里，慢慢地，主人开始打造这里，先是重新修建房屋，然后搞绿化，依坡就势，移土造池，花草树木，或栽或买，那些奇形怪状的树头还是从大山沟里弄回来的，很不起眼的东西，经园林工人整修培育，变成了美丽的风景树。对此，你不得不佩服主人的眼光与智慧，造园如作诗文，必使曲折有法。这是古人的经验，而德园也有这种意境与韵味。

德园有景有趣，而德园的主人亦有情有义，记得有一年的夏天，我们去安装有线电视，主人不在家，打电话得知他在绵阳，我们准备安装完就离开，可他硬是从绵阳赶回来，中午接待我们，我们很感动。德园在我们心中，只是剑阁新农村建设中的一个小小的缩影，但它的美丽、它的雅致、它的精巧却无与伦比。在文章的最后，我们用著名文学家韩愈的诗句送给德园的主人：晚年秋将至，长月送风来。

清江赏月

清江，不是江，是一条河，是嘉陵江的一条支流，它不宽也不窄，穿城而过，有好几座桥连接着两岸，清江河上有座桥叫廊桥，是人们观光、休闲、赏月的好地方，每到元宵节与中秋节，或者是月圆之夜，只要天气晴朗，总会有三三两两人群到廊桥赏月，那时月挂苍穹，辉映清江，在微风的吹拂下，闪动着粼粼波光，一串串，一圈圈，让人沉浸在无边的遐想之中，有时似乎看见河面上漂着一叶小舟，舟上站着一位书生样的官人，从长江转嘉陵江归来，那不就是在清代曾任湖南布政使的李榕吗？虽然官场失意，但他却神情自若，两袖清风，问心无愧。此次归乡，他将在下寺老家友于村住下来，教书养老了度余生。岁月流逝，人生难侧，在皎洁的与月光下，还让人想起了古人的生活，那时没有电只有火，没有通信只有书信，人们想念朋友、思念家乡亲人了，往往托月寄情，正如李白的“举头望明月，低头思故乡”与苏轼的“但愿人长久，千里共婵娟”被传诵为千古名句。当然，在廊桥赏月，我更喜欢那份宁静、那份自由、那份“野旷天低树，江清月近人”的曼妙意境。记得有一年，新县城正在建设中，单位还没有搬迁到下寺，晚上没有更好的地方去，晚饭后，我与几位同事一起散步，我们就趁着月色到河坝上去玩，清澈的河水，光洁的鹅卵石，明亮的月光，吸引着我们，大家开着玩笑，谈着感受，忘记了辛苦与疲劳，憧憬着新县城的美好未来。

“月皎疑非夜，林疏似更秋”，如今，经过近二十多年的建设，新县城已经是一座风光秀丽的小山城了，高楼林立，河堤蜿蜒，绿树成荫，在清江河边随处一走一坐，都可以观光赏月，有兴趣者还可以围桌品茗，吟唱一曲“花间一壶酒，独酌无相亲。举杯邀明月，对影成三人”，也可以对月感悟人生，品味古人“月有阴晴圆缺，人有旦夕祸福”所蕴含的哲理，让自己的人生充满希望。

在诗意里行走

梦里延安

延安是中国人民心中的圣地，自然也是我心中的圣地，对它的向往，一直都在心底，总觉得一生不去趟延安，有点对不住自己，更对不起延安。

记得是2015年的夏天，我有幸随广元社科联的同志一起到延安学习考察，一辆小巴载着我们越秦岭、过西安，进入延安境内，那沟壑纵横的黄土高原，那星罗棋布的古老窑洞，高高低低的，是那样雄阔，是那样沧桑，它给人以心灵的震撼、岁月的洗涤。“哦，这就是黄土高坡，这就是延安。”我在心里默念着、呼唤着，终于一睹真容，大发感慨。到了延安城郊，已经是下午了，大家找了一个餐馆午餐，小米粥、红米饭、南瓜汤，吃得好香好香，也许是饥饿，也许是心中那份久违了的情感。进入城区，高楼林立，街道整洁，巍巍宝塔，凌空挺拔，它始建于唐，现为明代建筑。平面八角形，九层，高约44米，楼阁式砖塔。它是延安的地标，也是延安革命的象征。晚上，我们住在延安荣军院旁的一个小宾馆里，稍微休息了一下，大家相邀到延安的夜市去走走，熏风迎面，杨柳依依，人来人往，灯火辉煌，坐在人声朗朗的小摊上，喝一杯延安啤酒，心里格外舒畅，无论如何，在当年的延安，这种惬意的夜生活是老一辈革命家难以享受的。

第二天一早，导游带我们参观的第一站是王家坪革命旧址，王家坪位于延安城西北方向，隔延河与城相望，依山傍水，环境优美。党中央进驻延安后，军委和总部机关在这里领导根据地军民坚持了八年抗战。日寇投降后，又粉碎了国民党反动派的全面进攻。1947年3月18日，部队由这里撤离，转战陕北。在王家坪，我们参观了军委大礼堂，礼堂是七间高大宽敞、四角翘起的大瓦房，可容纳近千人。礼堂建成于1943年，是军委和总部的工作人员自己动手修建的。当年军委和总部的一些大型会议、晚会等集体活动都在这里举行。据说胡宗南下令从延安撤退时，礼堂正在演节目，来不及毁坏，就保留下来了。

延安革命纪念馆，是我们参观学习的主要目的地，它就位于延河之滨的王家坪。这个纪念馆几经搬迁和扩建，已经有了七千多平方米的规模，宽阔的广场上，屹立着伟人的铜像，那种"高瞻远瞩"的气概一望就让人肃然起敬。进入纪念馆的大厅，一组中央领导与各族人民在一起的雕像格外引人注目，使人倍感温暖，左右两面的浮雕，一面是万里长城，一面是黄河壶口瀑布，寓意深刻。整个纪念馆设计新颖，简洁大方，宏伟壮观，独具特色，10大部分700多张图片，上千件文物，辅之声光电展演，充分展现了党中央及老一辈无产阶级革命家在延安领导中国革命的艰苦岁月。

走进枣园，就像进了一个大公园，碧草茵茵，杨树成林。枣园又名"延园"，原是陕北军阀高双成的庄园，土地革命时期归人民所有。中共中央来延安后，于1941年开始修建，至1943年竣工，共修窑洞二十余孔，平瓦房八十余间，礼堂一座。1943年，部分国家领导人等先后迁居枣园，1944年至1947年3月，这里是中共中央书记处所在地。1947年3月，中共中央书记处从这里撤离，转战陕北。撤离延安后，国民党军队对延安进行了毁灭性破坏，枣园也遭到严重损坏。1953年后，人民政府重修了枣园，现在已恢复原貌，目前已成为全国革命传统教育的重要基地之一。在枣园，穿过园中小道，可以看到当时中央五大书记在一起昂首阔步的铜像，雕刻得惟妙惟肖，那天的天气也好，五个人各个容光焕发、意气风发的样子，透出即将建立新中国的喜悦。在枣园，有一座别具风格的苏式小礼堂，周围比较开阔，绿草环绕，这里除了政治局召开会议外，还是中央书记们就餐之处，有时也搞舞会和放电影。从枣园草坪向后走，登上几级台阶，就会见到一座座土窑洞，窑洞大体分为三层，错落有致，它是在半山上挖建而成的，与山连成一体，屋顶是长着青草的山地，如果不是上面有着屋檐，根本就不会想到这竟然是以前伟人曾经住过的窑洞。在几位伟人的故居，望着那些简陋的木板床、大木盆、小油灯与书桌，时光仿佛将我带入那往昔的峥嵘岁月，看到那些土窑的灯光彻夜不息……

杨家岭，原名杨家陵，后将“陵”字改成了岭，它位于延安市西北三公里处，占地面积20000平方米，1938年11月至1947年3月，先后有20位中央领导人在此居住。1945年4月23日至6月21日，在中央大礼堂隆重召开了党的第七次代表大会。“七大”确定了党的政治路线，确立毛泽东思想为党的指导思想并写入党章。“七大”总结中国新民主主义革命20多年曲折发展的历史经验，克服党内的错误思想，使全党特别是党的高级干部对中国民主革命的发展规律有了比较明确的认识。它为党领导人民去争取抗日战争的胜利和新民主主义革命在全国的胜利，奠定了政治上、思想上和组织上的深厚基础。

在这里，我们参观了“七大”会议会址，会场布置依旧，主席台依旧，代表们坐的长凳依旧，靠墙边插着24面红旗，象征着中国共产党24年奋斗的历程，插红旗的“V”字形木座是革命胜利的标志，那“同心同德”与“坚持真理，修正错误”的标语，都把我们带进了那段艰苦的岁月与难忘的时代。走进中央大礼堂，仿佛还能听到当年中央领导的讲话声，亲切入耳，轻声回响。离开杨家岭，离开延安，天已经很晚了，我们没能去成南泥湾，但南泥湾的歌声在车内久久不息，伟大的延安精神净化着我们的灵魂，使我们心中的信仰更牢固、步伐更坚定。

井冈山之旅

在我心中，埋藏着一个久未实现的愿望：那就是一定要到革命的摇篮、红军的故乡井冈山去学习和访问，机会终于有了，省精神文明报社组织全省部分市县从事文明创建工作的同志，到井冈山干部教育学院进行“党性教育与文明创建”短训，这是一次特殊的学习之旅，也是一次终生难忘的光荣历程。

井冈印象

去井冈山有几条路线可走，我们坐动车到桂林转车，然后又坐了一个晚上的直快，由于火车晚点，到达培训地已经是第二天上午的九点过，一辆大巴车从火车站接我们驶进了井冈山市的郊区，道路纵横，宽敞明亮，生态优良，风景优美，杉木成林，翠竹满山，特别是那些红色标志，红色的雕塑，红色的图案，红色的宣传语，格外引人注目，凸显了井冈山独特的文化、独特的旅游和独特的品位与魅力，“革命摇篮，红军故乡”，真是名不虚传啊！培训中心设在井冈山的茨坪镇，这里原来是县委、县府的办公地，后来撤县建市，党委与政府机构搬到了新区，这里属井冈山管理局管辖，专门负责承办重大的接待任务，负责井冈山旅游业的统一管理、规划、开发和建设，保护井冈山的自然环境、人文环境和革命历史遗迹等。据介绍，井冈山的旅游重点是打好两张牌——红色文化与绿色康养，红色属于公益性的，康养引资开发，平时这里的散客较少，主要是组团游和培训班，最多的时候有一百多家培训机构，整顿后现在也有四十多家，那些原来的建制单位基本上对上对下都有培训。的确，这里的培训很有特点，课堂教学与现场教学相结合，很有说服力和感染力，很受学员的欢迎，难怪全国各地党性类、理论类的培训大多数在这里举行。就我们入住的衡山酒店，干部教育学院每天就要安排接待好几批学员，据说有的是提前半年就排定时间了。在培训的开班仪式上，有一项议程很特别，就是要着红军服，授红军帽，要宣誓，很严肃也很威武，就是告诉大家，要以铁的纪律、铁的作风严格要求自己，不得半点马虎，看来，学习传承井冈山精神也不一件简单的事，它需要一种形式、一种自觉，也需要持久。

红色记忆

在井冈山学习，参观革命旧址，了解红军历史，接受红色革命传统教育，是一项必修的内容。在茨坪，虽然大雨如注，但参观学习的人实在太多，带队老师给我们学员每人发了一个耳麦，以方便听讲解。在这里，狭长的草坪上有一塘清水，几处青瓦土墙房，是1927年秋收起义队伍上井冈山后，湘赣边界革命根据地党、政、军重要机关的驻地。前敌委员会、红四军军委、军官教导队、军械处、公卖处都在这里办公。房屋陈设简单，空间狭小，地面潮湿。老水缸、方桌子、旧床铺、打铁墩似乎在讲述那段艰苦的岁月。一两角钱的伙食费，一根灯芯的油灯，实在令人震撼，让人久久难以平静。在茅坪，天下着小雨，我们参观了设在“谢氏慎公祠”的中共湘赣边界第一次代表大会会址，红四军士兵委员会旧址，领导人旧居。八角楼，小小的阁楼上，只能限人限时间，八角楼因楼顶窗户成八角形而得名。在这间小楼上，《井冈山斗争》和《中国的红色政权为什么能够存在》两篇光辉著作诞生了，总结了井冈山革命根据地斗争经验，阐明了中国革命发展的规律，提出了“工农武装割据”的光辉思想，推动了轰轰烈烈的土地革命。在袁文才烈士纪念馆，我们通过图片和史料，弄清楚了袁文才、王佐是如何从绿林好汉成长为红军指战员的，以及在复杂的革命斗争中被错杀而后被平反昭雪的全过程，终于厘清了心中的谜团。在贺子珍革命纪念馆，我们了解了这位红军女战士伟大而不平凡的一生，意志坚强，性格刚毅，其波澜起伏的命运令人唏嘘。在井冈山革命烈士陵园，我们在大雨滴答声中听取了学院老师的现场教学，其声清朗，其情感人，五万多工农红军现在能找到并铭刻在碑的只有一万五千人，更多的是无名无姓，这是一个什么样的数字，实在不可想象，让人惊讶和沉痛。我们抬着花环，缓步登上台阶，向在井冈山革命战争中牺牲的烈士们默哀致敬，并在党旗下庄严宣誓，誓言无痕，誓言铿锵，它在每一个人的心里回响着，净化着。黄洋界，是我们一直神往的地方，它因那场特殊的战斗而闻名，在雾雨蒙蒙中，黄洋界显得神秘安静，我们参观了当年与敌人激战的战壕与炮台，望着高高的纪念碑，齐声朗读了有名的《西江月》词：“黄洋街上炮声隆，报道敌军消遁。”在井冈山学习，有一项特殊的活动，就是要重温和体验红军军纪，要到“三大纪律”的诞生地荆竹山去训练，要重走红军路，严肃认真，端正衣冠，整队前行，要有各自团队的旗帜、口号和团歌，一切都得按照军队的要求来，还有一场不大不小的遭遇战，谁胜谁输要看真本领，最后教官还要总结点评，完成不好的还要罚做俯卧撑。在井冈山的培训教学中，最受人欢迎的是一场生动的“真情在线”课，学院邀请了袁文才、王佐、曾志的嫡孙们现场与学员互动，亲口讲述祖父们的光辉业绩和父辈们的现实生活，真实客观，满满的正能量，令人感慨和敬重。在这里，我还得到袁建芳先生的签名书《我的爷爷袁文才》，可以详细了解这位先烈的革命历史。独特的课堂，灵活多样的教学，生动传奇的事例，深深烙在我们的记忆里，终生不忘。

小镇情深

在井冈山学习，时间虽然短暂，但也免不了要到茨坪镇去走一走，这里是山区地貌，有山有水，雨雾蒙蒙，湿度较大，街道有平有陡，干净清爽，漫步其间，绿荫拂面，舒展自然，特别是那一株株粗壮通直的水杉，散落在大街小巷，有的是原始的，有的是移植的，似威武的哨兵，守卫着这方红色摇篮和绿色宝库。据有关资料称，井冈山现有一百多处革命旧址遗迹，已是一个没有围墙的革命历史博物馆，是爱国主义和革命传统教育的最好基地。井冈山的森林覆盖率达到了86%，空气中负氧离子数每立方厘米超过80000个，是名副其实的“天然氧吧”。据了解，党和国家几代领导人都上过井冈山，都曾在茨坪住宿视察过，这里也接待过老红军老干部和袁文才、王佐烈士的遗孀与子女。井冈山从1950年设立特别区，1959年设省辖管理局，1982年设县，1984年建市，每一个阶段，都包含着党和政府对井冈山革命老区的关心与支持、对老区人民的体恤与牵挂。长期以来，16万井冈山人民在党的领导下，自强不息，奋斗不止，至2017年，整体实现脱贫，是全国第一个宣布脱贫摘帽的县级市。

在茨坪这个小镇上，茶余饭后，沿街而上，赏风光、话习俗、访民情，还可以购买各类土特产，香菇、麻花、糍粑、土酒，品种繁多，价格合理，井冈山人特别注意品牌的营销，商店里一看，注册的商标几乎都是井冈山。在大街小巷，还会看到不少老百姓在手工炒茶，这种叫“狗牯脑”的名茶，产于罗霄山脉南麓，已有三千多年的历史。炒茶有电炒和火炒两种，不管哪类炒法，技术是第一位的，他们娴熟的技艺实在让人叹为观止。有位姓钟的农民告诉我们，他家在农村，两个孩子，自己租房开了一个小店，主要从事土特产销售，柴火炒茶考功夫，掌握不好火候，一锅茶就废了，一点也不能卖，做生意最重要的就是诚信。他说得对，人就应该这样。在茨坪，晚饭后，还可以去一个叫挹翠湖的地方，由于“挹”字比较陌生，又是草书，很多人读成了“把”字，看来处处皆学问啊！这里环境优美，空气清新，湖水荡漾，小桥弯弯，凉亭幽静，斜阳晚照，波光粼粼，湖心岛上山石谲奇，蕙兰争艳，大有唐代诗人描绘的“闲云潭影日悠悠”的感觉，游人赞不绝口。据说这里原来是一片烂泥田，井冈山失守后，敌人进行了疯狂的大屠杀，彭德怀军长率红五军回师井冈后，给村里老百姓每人发了一块银圆救急，这个故事成了根据地军民鱼水情的经典事例。后来为了加快井冈山景区的建设，当地党政率老区人民在这里挖出了一个百多亩的人工湖，真是件不容易的事！我们应该感谢他们，没有他们的艰苦付出，就没有眼前这美丽的湖光山色。没有老区人民的浴血奋斗，就没有我们今天的幸福生活，我们应该好好珍惜。行走在茨坪的小镇上，随时可听到“红米饭，南瓜汤，秋茄子，味道香”、《映山红》《十送红军》这些动人的歌谣，它们情深义厚，荡涤灵魂，激励着我们每一个学员坚定理想，积极向上，把井冈山精神发扬光大，辉映人间。

大渡河边泸定情

坐在大巴车上，望着车窗外光秃秃的高山以及高山上飘浮的云雾，给人的感觉是到了一个陌生的大山区里面。

车顺着弯曲的水泥路，驶入了河谷地带，就到了四川甘孜的泸定，泸定坐落在大渡河旁，城市不大，但很狭长，高楼大多成灰黑色，依山沿河而建，错落有致，层次分明，滨河路的景观带装扮得特别漂亮，绿树成荫，花草繁茂，城市很干净，店面整齐，乱停乱放的情况很少，夜里的灯光闪闪烁烁，广场一派欢乐，不少的市民在健身跳舞，古色古香的亭子里有人在喝茶，有人在休闲，有人在带小孩玩耍，其乐融融。

我们一行沿着滨河路散步，很快就到了泸定桥，泸定桥建于清康熙四十四年（1705年），由十三根铁索锚固于大渡河两岸，造型古朴，结构独特，一九三五年五月二十九日，中国工农红军第一方面军在这里取得了飞夺泸定桥的重大胜利，泸定桥因此而闻名中外，二十二名勇士永载史册。我们站在桥头，迎着清冷的夜风，听着大渡河咆哮的水声，心里涌起了无限的感慨，虽然现在的大渡河上已经建起了好多座彩虹桥，泸定桥只作为旅游景点让人们去观赏、去体验、去回忆、去追思，但在血与火的岁月里，它的艰巨，它的激烈，它的宏伟，它的功绩，却熠熠生辉，永不磨灭。

在泸定县城，有一处占地九千多平方米的公园，美丽而幽静，高高的纪念碑矗立云天，公园内设有浅红色的二十二根方柱，每一根方柱，代表着一个飞夺泸定桥的勇士，只有几个方柱上有名字，而大多数却没有留下名字，实在是令人震撼，在革命战争年代，有多少的先烈都这样壮烈地牺牲了，连名字也没有留下来，后来的人们只有把他们作为无名烈士来祭奠。走进红军纪念园，我们在导游的带领下，依次参观了“一碑三馆”，了解了红军长征在甘孜与泸定的时代背景、重大意义以及活动情况，记下了那些悲壮的故事，特别是杨成武上将“无边风雨夜，天堑大渡河，火把照征途，飞兵夺泸定”的题诗，让人印象深刻。在纪念馆内，还陈列着二郎山川藏建设的实物与图片，川藏路全长两千多公里，花了四年多时间，跨越了十四座高山，架设了四百三十多座桥梁，它的建设，不仅打通了雅安至拉萨的通途，也表现了中国军队与人民顽强的开拓精神，值得世世代代发扬光大。在名为“红飘带”的剧院里，我们还观看了《红军飞夺泸定桥》的情景剧，身临其境，雷鸣电闪，惊险不断，余味悠长。

走过泸定县城，我们沿着大渡河而行，去了一个叫磨西镇的地方，这个镇子原属泸定到甘孜的茶马古道，地势偏僻，人口稀少，当年中央红军在这里召开了著名的“磨西会议”，制定了红军北上的方针与路线。在磨西的天主教堂里，至今还保留着老一辈革命领袖开会用过的桌凳以及住宿的房间，供人参观凭吊，睹物思人，令人浮想联翩，唏嘘不已。

参观完长征纪念馆，到磨西古镇上走一走，你会看到，随着海螺沟景区的开发与建设，原来的老街已经发生了翻天覆地的变化，而且新建了两条长街，清一色的木质楼房，别有一番风景。在这里，旅游宾馆特别多，做生意的也不少，店铺林立，山珍杂货，供销两旺，当地一位老板告诉说；原来磨西是有一两千人的小镇，现在已经是两万多人的大镇了，红色旅游与冰川雪山吸引了大批的观光客，也活跃了地方经济，致富了一方百姓。难怪，“红城绿谷，康养泸定”是当地政府发展经济的思路与定位。

离开泸定，踏上归程，天气特别晴朗，大渡河、贡嘎山、二郎山，渐渐地留在了身后，我们的心里总有些不舍，想起了七律《长征》中“红军不怕远征难，万水千山只等闲”的诗句，似乎增添了无穷的勇气和力量。

寻访马克思街

下乡到秀钟，总忘不了去大路河，大路河位于秀钟的青岭村，是一处红色革命遗址，也是一处爱国主义教育基地。1935年，红四方面军强渡嘉陵江攻克了剑门关，建立苏维埃政权，继而北上与中央红军会师，红军在革命领袖的带领下，在剑阁通往江油的秀钟乡大路河小镇上的灵隐寺设立了红军军令部、政治部、前委接待站与地方工作部，并成立了宣传队、錾花队与红军医院，建立了两个红色政权与游击队，并将小镇的长街命名为“大路河马克思街”，可见当时此地的重要性。

走进大路河，首先看到的是修葺一新的无名烈士墓与纪念碑，简朴大方，庄严肃穆，通过碑刻的文字介绍，你可以清楚地了解红四方面军战略转移的背景与大路河当时的境况。顺着一路青石台阶往后面的山坡上去，就到了女红军的墓地，一个石头垒成的普通坟堆，立有墓碑，“女红军烈士之墓”几个字依稀可见。据当地老人讲，女红军叫什么不知道，只知姓田，人们叫她田姑娘，红军走时她被留在老乡家养病，后被还乡团给杀了，死得很壮烈，群众悄悄地把她埋在场后的地界边，坟与碑是解放后建立的，以便人民群众去瞻仰悼念，记得我在县电视台当记者的时候，还与普安小学的师生们一道，坐班车专程到秀钟大路河女红军墓前祭扫过，献过花，宣过誓。另据有关史料记载，当年大路河所在的地方有三十多人参加了红军，红军一个半月后撤离，有二十多人被还乡团杀害，刽子手的暴行，激起了人民群众的极大愤慨，他们更加相信和拥护红军，1949年12月，大路河人民与全县一样，终于获得了解放与新生。在大路河的场口，虽然当年的红军戏楼已经在“5·12”地震中垮塌，但挺立的石柱上依然镌刻着“打倒邓锡侯”的标语。据了解，在大路河境内发现的石刻标语共有22幅之多，内容主要有“共产党是工农穷人的唯一政党，共产党是为穷人谋解放、谋衣穿、谋饭吃，使穷人有土地、有政权的政党！”“共产党是穷人的救星！”“共产党实行驱逐一切帝国主义出中国，只有共产党才能救中国！”“拥护红军，红军是穷人的军队，红军是穷人的救星！”“实行土地革命！”“平均分配土地！”等，内容丰富，字迹厚重，从右到左，大者如筛，小者如拳，书写工整，具有十分丰富的史料价值，是研究红军在川陕革命根据地活动的第一手资料，只可惜有些标语刻在溪边和野外的石头上，难以移动，长久保护较为困难。行走在大路河狭长的街道上，望着两边古老的立木小瓦房，踏着脚下一方方铺就的青石板，你可以想象当年红军驻扎大路河的情景——行军，开会，接待，演出，搞宣传，建政权，救治伤员，一派匆忙与热火朝天。在大路河的小场上，一位70多岁的老人告诉说，军队来的时候，她当时还小，是她的母亲背着她到外边石崖去躲的，后来弄清楚红军是老百姓的队伍，才回到家里的，至于打土豪分田地、参加红军的事，只有老一辈的人才知道，可那一辈人已经无人在世了。

从场头到场尾，我们顶着午后的阳光，慢慢地走，仔细地问，时而观看，时而抚摸，时而望着那些破旧苍老的街巷感叹，老人们告诉说，这些都是红色革命遗址，也是古民居，是受政府挂牌保护的，不能乱拆乱建，要统一规划，修旧如旧，希望快一点改变这里的面貌与环境。一路寻访，一路思考，保护与发展的话题，总是有些沉重，虽然政府已经做了不少工作，并立项拨资保护，但距整体恢复修建还有很长的一段路要走，愿大路河老百姓的愿望能早日实现，让红色基因代代相传，让乡村振兴把这里的旅游带起来，这既是革命先烈的遗愿，也是当地人民群众的期盼。

一个消失的王朝

也许，我的历史学习得太粗浅，没有细细研究，对十一世纪中国境内有关宋、辽、金、西夏、蒙古的关系，始终比较模糊，对相互之间的争斗以及兴衰知之甚少，特别是对西夏王朝感到十分神秘，那些画像与服饰很特别，有一种异域风情的感觉，以为它就是古代所说的西域人。后来才知道，宋朝是汉民族，蒙古是蒙古族，辽是契丹族，金是女真族，西夏是党项族，他们都是在不同的时期、阶段与地域，建立了不同的王朝，按照民间的说法，建立了各自的“国家”，最终都融入了中华民族的大家庭，成了大家庭中的一员。

几年前的初夏时节，西部宁夏高原的太阳，晒得人有点睁不开眼睛，我们广元社科界一行在导游的带领下，一早乘车去了西夏王陵景区参观考察。这里的海拔在1200米左右，南北长约10公里，共有50多平方公里，是西夏帝王的墓葬区，据介绍，西夏王朝是11世纪至13世纪党项族建立的统辖我国西部的地方民族政权，历时198年，直到1227年为蒙古所灭。西夏自景帝李元昊在银川称帝至末帝李岘亡国，共传了10个皇帝，加景帝追尊的其祖父李继迁、父亲李德明，共计12帝。西夏现存有9

座王陵，后三代皇帝因死于成吉思汗灭西夏期间，故未能造陵，另有140多座王公大臣的殉葬墓。陵园分成三个区域，南区、中区和北区，其中以南区的裕陵和嘉陵最大，俗称“双陵”。西夏陵规模宏伟，布局严整。每座帝陵，都是独立完整的建筑群体，坐北向南，呈纵长方形，规模与明十三陵相当。

近距离地参观西夏陵园，有一种震撼，也有一点点恐惧，也有人忌讳，但不管怎样，我都不能轻易放过这次来之不易的机会，与同事们相邀走进陵区，去体会、去感受那历史的烟云与“东方金字塔”的神秘。陵塔高耸，直冲云天，历千年而不变。它非石头砌成，而是以夯土筑成，七层八角，逐层内收，每层收分处为檐木结构，并挂有瓦当、滴水和屋脊兽，夯土台外部有砌砖包裹，陵台外形呈塔状。而如今仅存夯土陵台、残垣断壁和一地瓦砾，甚是可惜。

离开陵园，最应该去的地方是西夏博物馆，在宁夏有两座西夏博物馆，一座在武威，另一座在陵园景区。我们去的是在陵园的西夏博物馆，该馆于1998年9月正式落成开馆，占地5300平方米，分上、下两层，各类展厅9间，基本陈列由西夏历史、西夏王陵和西夏学术研究成果组成。博物馆为西夏佛塔密檐式建筑造型，风格别致，既有现代建筑之气势，又与陵区遗址相呼应，形成了浓郁的民族建筑风格。走进博物馆，我们被馆内700多件珍贵的文物所吸引，涉及西夏的政治、军事、法律、文化与宗教，特别是馆藏的人像碑座、文臣头像、小石马、雕龙栏柱、迦陵频伽、唐卡、绢画、泥塑佛像头、罗汉头等国家一级文物和西夏文、汉文残碑、佛经、西夏瓷器、官印、西夏钱币、西夏建筑材料等，揭示了西夏历史文化的内涵，展现了西夏艺术的精华。人们在这里可以领略西夏王国往日的辉煌和灿烂。

在西夏陵园景区参观，最让人迷惑不解的是西夏文字，看起来像是“天书”，一个字也不认识，若没有汉文注释，根本就不解是什么意思。据介绍，西夏文又名河西字、番文、唐古特文，是记录西夏党项族语言的文字，属表意体系，汉藏语系的羌语支。西夏人的语言已失传，跟现代的羌语和木雅语关系最密切。西夏景宗李元昊正式称帝前的大庆元年，命大臣野利仁荣创制，三年始成，共五千余字，形体方正，笔画烦冗，结构仿汉字，又有其特点。曾在西夏王朝所统辖的今宁夏、甘肃、陕西北部、内蒙古南部等广阔地带中盛行了约两个世纪。元明两朝，仍在一些地区流传了大约三个世纪。西夏文专家李范文认为，全部西夏文字共计5917字，而实际上有意义的字共5857字。西夏文字与汉字相比，其共同点在于：同属表意文字体系，形体近似，形体方正，构字方法相似，某些形体在不同部位上都有笔画变通现象，都有楷书、行书、草书、篆书的影子；其不同点在于，西夏文五画以下和二十画以上的字很少，显得比较均匀，西夏文斜笔较多，也即撇、捺丰富，西夏文会意字比汉文多，汉文形声字比西夏文多，类似拼音构字的反切上下字合成法已成系统，西夏文构字时普遍地省形、省声，而汉字是个别现象，西夏文象形、指事字极少，文字中的表意部分并不表示物形。文字是一个民族的血脉，正因为有了它，才让后世了解了西夏的文化与历史，我们不应该忘记它。

告别景区，望着远去的西夏王陵，虽然了结了我多年的心愿，但仍有许多疑问，西夏、银川、党项民族，这个曾经在中国历史上出现过的强大王朝，统领疆域面积达72万平方公里，拥有人口300多万，虎踞西北，曾先后击败了辽军和宋军，为什么就衰落了呢？除了自然环境的恶劣外，还有战争的频繁与外交的失误，与宋、辽、金关系时好时坏，而蒙古族的成吉思汗先后发动了六次对西夏的战争，还有就是西夏中后期统治者荒淫无道，外戚专权乱政，这都是西夏最终走向消亡的原因，也是血淋淋的历史教训，值得深刻吸取。

苍凉的古堡

张贤亮，镇北堡，中国西部影视城，这些曾在电视里看过的影像，突然活生生地呈现在我们的眼前时，让人感到十分震撼，远远望去，那巍然挺立在黄土地上的古堡，是那样的久远与沧桑，就像一位饱经风霜的长者，在诉说着它的过去、现在与未来。

先说说古堡的历史。据了解，镇北堡西部影城原址为明清时代的边防城堡，两座城堡是为防御贺兰山以北各族入侵府城（银川城）而设置的驻军要塞。镇北堡也因此得名。当地群众分称之“老堡”和“新堡”，也叫它们“明城”与“清城”。据方志记载，老堡始建于明弘治十三年（1500年），新堡始建于清乾隆五年（1740年）。两堡一南一北，均坐西朝东。紧邻沿山公路东侧的老堡已被风蚀殆尽，仅存残墙断垣，形制尚存。新堡保存得较为完好，城门如旧，城墙坚固，四周防御威然，大有易守难攻之貌，顺着新堡行走，细细查看城墙上剥落的泥土与留下的伤痕，你不仅可以感受古人用糯米与黄土黏合的筑墙技术，也可感知冷兵器时代战争的残酷，有多少人在这里坚守御敌，有家难归，又有多少人灰飞烟灭，尸骨无存。

再说说古堡变影城的故事。在很久以前，古堡被废弃以后，这里成了一片荒凉之地。1961年，尚在农场劳动的张贤亮发现了它。虽然无水、无电、无路，只有几十家破旧羊圈，但张贤亮却看到了商机。他把它推荐给了电影界，20世纪80年代，导演张军在镇北堡拍摄了电影《一个和八个》，使这片荒凉之地第一次走上银幕，随后，张艺谋的电影《红高粱》也走进了镇北堡，影片中的月亮门、奶奶的新房让昔日的荒凉古堡再一次被世人瞩目，截至目前，已有《牧马人》《黄河谣》《虎兄豹弟》《老人与狗》《五魁》《贺兰雪》《大话西游》《双旗镇刀客》《红河谷》《新龙门客栈》《黄河绝恋》《绝地苍狼》《大漠豪情》等180多部电影在这里拍摄。影视明星陈道明、周里京、谢添、刘晓庆、斯琴高娃、林青霞、王馥荔、周星驰、张世、王玉梅、赵雅芝等都在此留下了他们的身影和足迹。在这里，朱时茂和丛珊因《牧马人》一举成名，姜文穿着大裆裤摘得“百花奖”的桂冠，巩俐坐着大红轿子“颠”进了好莱坞影视圈的行列，真正是“中国电影从这里走向世界”。在影视城游览观光，有许许多多的电影场景，令人流连忘返，跃跃欲试，有民国的风情，有大集体的场面，有武林的故地，有神话的世界，不同的场景，带着你回忆影视剧中的情景，仿佛自己也是剧中人。当然，也在你的脑海里形成了一定的反差，电影中那些唯美的镜头怎么也不像是在这里拍摄的，你不得不赞叹摄影师高超的技术与演员们精彩的表演，这可能也是电影的神奇之处。

最后说说张贤亮这个人。张贤亮是个作家，不是商人，但他后来成了有名的企业家。他写过《灵与肉》《男人的风格》《习惯死亡》《我的菩提树》《男人的一半是女人》《肖尔布拉克》

等有影响的文学作品，受到广大读者的喜爱，人们了解张贤亮，从而了解了西部文学，可我们读得实在太少，更多的是看过以他的文学作品改编的电影，有时也在电视上看过他的专访，他这个人最了不起的不仅是他独到的眼光，而且还有他执着的精神与超强的经营能力，南方谈话以后，他在政府的支持下，搬迁安置了22户牧民，从而打开了文旅开发的局面，并以78万元的资本投入，通过策划、设计、创意，运用现代企业管理理念，建立了宁夏华夏西部影视城公司，将一片荒凉、两座废墟打造成银川市首个国家级5A级旅游景区，其有形资产上亿元，被评为“中国最受欢迎旅游目的地”和“中国最佳旅游景区”，并被宁夏回汉乡亲誉为“宁夏之宝”，是中国文化产业成功的典范之一。景区最大的特点是在文物保护的基础上，保持利用了古堡原有的奇特、雄浑、衰而不败的景象，突出了它的荒凉感、黄土味以及原始化、民间化的审美内涵，尽可能地保留了它特殊的审美价值，这种价值在文旅融合中得到了升华与扩张，张贤亮是一个有创新理念的文化人与实业家，他懂得“舍”与“取”的关系，凡是到影视城拍摄电影，他不收一分钱，但所搭影视剧场景与所用道具需留下来，作为影视城的参观点，慢慢地，丰富了旅游的文化内涵，吸引了更多的游客。“随着影视作品越来越依靠电脑制作，影视拍摄基地的短板也逐渐显露出来，必须转型”，张贤亮对此早有预判，所以“文化内涵”一直是镇北堡影城的“创作理念”。为了挽救和传承正在消失的民间文化，留住承载着历史的文化符号，张贤亮开始四处收购明清时期的建筑、家具、陈设等物品，为影城转型成“中国古代北方小城镇”奠定物质文化基础。如今，影城不仅保留和复制了140多处在此拍摄过的电影电视场景，还汇集了50多项民俗项目和非遗项目，真人剪纸、刺绣、蛋雕、擀毡、打铁、酿酒等随处可见，人们在这里感叹民间艺人的巧夺天工时，更为古老艺术的文化传承感到欣慰，如果你有兴趣，还可以参与到拍摄电视短剧之中，扮演自己喜爱的角色，当一回“新郎官”。

离开镇北堡西部影视城，回望那苍凉而悲壮的明清古堡，终于理解了张贤亮在书中所写“出卖荒凉”的真实内涵，而景区内“旅游长见识，行走即读书”的对联以及“文化就是生产力”的宣传标语，似乎也给了我们许多启示，使我们对它的理解不单停留在影视文化景区的概念上，而延伸为西部地区民族文化的一个缩影。

在沙漠与绿洲中旅行

在我的想象中，有沙漠的地方，不会有水，也不会有绿洲，但事实上，在宁夏旅游，你会看到沙漠与河与绿洲，常常是相伴而生，特色鲜明。

宁夏沙坡头，位于宁夏中卫市城西16公里，是国家首批AAAAA级旅游景区。是宁、蒙、甘三省（区）的交接点，黄河第一入川口，是欧亚大通道、古丝绸之路的必经之地。到沙坡头旅游，首先要看的当然是沙漠，这是我梦寐以求的事情，走进沙漠，去感受它的柔软与温度、辽远与雄奇，太阳是那样耀眼，黄沙是那样灼热，气候是那样变化无常，即使你按导游说的那样做——穿着防晒衣，戴着头套与太阳镜，做个蒙面大侠，也难以抵御沙的侵袭，要么是鞋子埋在了沙里，要么是脖子上、嘴巴里有了沙粒，让你不安与受惊。在沙漠里，最怕的就是走丢了，你不敢走远，只能随着队伍走，同行中也有胆子大一点的美女，穿着艳丽的衣服，在沙漠里摆着各种姿势拍照，远看别有一番风景。沙坡头的旅游开辟了许多项目，最有趣的是骑骆驼，骆驼有专人牵行，你得轻装上阵，坐上去抱着驼峰，随着大队人马，驼铃叮当，慢慢前进，一点一线，踏着沙漠，构成一幅美丽的图画，永远定格在你的记忆里。除了骑骆驼，还有“鸣钟滑沙”，沙坡头的“沙鸣山”高差100多米，是中国四大鸣沙之一。滑沙也有惊有险，不少游客到这里，都要去尝试一下，特别是孩子们喜欢玩这个项目，要费好大的力气爬到高处，坐着滑板顺坡而下，有一种冲锋的感觉，也有点忘乎所以，像是回到了儿童时代。沙漠旅游，最刺激的是乘坐越野冲浪车，高大的黑色卡车，载着游客在沙漠里狂奔，时而跌下沙沟，时而冲上高坡，留下滚滚烟尘，什么都看不清，那种刺激让人心惊肉跳，不过，有心悸者切忌做这种运动。在沙漠旅游中，最担心的是天气变化，一会儿晚霞满天，一会儿沙尘弥漫，那种“黑云压城城欲催”的感觉，至今想起来还让人有点后怕。站在沙坡头的观景台上，望着黄河奔流的壮美景色，望着浪漫沙海中的奇幻瑰丽，在“王维题诗碑”前留影，我们仿佛看见，在公元736年，王维奉旨宣慰在河西打了胜仗的将士，途径宁夏中卫沙坡头风尘仆仆的身影，他在此写下了“单车欲问边，属国过居延。征蓬出汉塞，归雁入胡天。大漠孤烟直，长河落日圆。萧关逢侯骑，都护在燕然”的著名诗歌，成了描写大漠与黄河空灵寂寥的千古绝唱。在沙坡头，有看不完的景色，也有讲不完的故事，特别是宁夏中卫人民创造的“麦草方格”为主的“五带一体”综合治沙工程体系，在世界都享有盛誉，这不仅是中卫的骄傲，也是中国的骄傲，那沙漠中迎风摇曳的沙枣树不就是劳动人民坚韧不拔的精神的象征吗？

离开沙坡头，跟着导游，我们要去的地方是通湖与金沙岛。通湖草原距宁夏中卫县城30公里，在内蒙古自治区内，属沙坡头景区管。这里汇集了沙漠、盐湖、湿地草原、沙泉、绿洲、牧村、岩画等多种自然人文景观，体现出浓厚的蒙古族风情。湖水相连，群沙怀抱，沙峰林立、起伏错落、一望无垠，金灿灿、亮闪闪，如大海波涛从四周漫卷而来，却突然如着了魔法一般被茵茵绿草、汪汪湖泊锁定，形成了方圆近百里的沙漠湿地草原。在这里，有不少旅游项目，我们选择了骑马，在草原上骑马，是一件很惬意的事，虽然有骑手同行，但还是担心马不听话，飞跑起来怎么办？好在骑手们有一整套驯马的方法，会保证游客的安全，快慢适度，悠闲自在，让你体验一把做牧马人的浪漫感觉。金沙岛，是国家AAAA级旅游景区，位于腾格里沙漠东南边缘，距中卫市区8公里。景区占地面积22平方公里，水域面积10000亩，集生态观光、花卉观赏、休闲度假、运动养生、水产养殖于一体。这里沙环水绕，绿树成荫，湖泊连片，水阔鱼肥。据导游介绍，春秋季节，这里有130多种珍禽候鸟在此集结、繁衍。其中金雕、黑鹳、大天鹅属国家二级保护珍禽。景区里有长城遗址、烽火墩台，承载着几千年的沧桑岁月。金沙岛景区的特别之处，还在于它有五个大型花卉观赏园：紫色香草园、红色玫瑰园、黄色菊花园、清丽荷花园、绿色沙地草园，总叫人流连忘返，各园花卉独具香艳，每到花季，竞相开放，芬芳烂漫，如同花海。如果说沙坡头的旅游项目可以让人尽情释放，那金沙岛就是完全放松身心的乐园。在这里旅游，我们乘船而行，看蓝天白云，赏湖里风光，望水鸟自由自在地飞行，有一种融入大自然怀抱的舒畅之感。

结束金沙与绿洲的旅行，踏上归途，望着车窗外的漫天朝霞与绿色平原，我真正感觉到，宁夏中卫，确实是塞上江南一颗闪亮的明珠，它把我心目中大漠荒凉的印象完全颠覆了，那方水土永远是我心灵的绿洲。

西湖之美

青少年时代，时常听到两句最有吸引力的话，那就是“上有天堂，下有苏杭”。苏杭有多美？一点也不知道。梦想有一天能到苏杭去旅游，一睹芳容，后来读了苏东坡《饮湖上初晴后雨》中“水光潋滟晴方好，山色空蒙雨亦奇。欲把西湖比西子，淡妆浓抹总相宜”的诗句，就更加神往了，真的有机会去了苏杭，才知苏杭美的地方太多，而最美的是西湖，西湖的美，美在自然风光，也美在人文历史。

一到西湖，你最惊讶的是那一湖清幽幽绿莹莹的水，像是天然而生，又是从天而降，无论你站在湖岸的哪一处，都给人以浩渺无际碧波荡漾的感觉，它不像海的风高浪急，也不像河的奔腾不息，它很亲切自然，温顺柔和，从不一惊一乍，平易近人，娇羞可爱。无论是春天的杨柳、夏日的荷花，还是秋天的凉风、冬天的雪花，都显示出不同的风景与独特韵味。记得第一次游西湖，是在一个秋天，我们一行坐着小船，到对岸的湖心岛，水碧风轻，天高云淡，游船点点，那小桥，那长堤，那绿岛，那青山，都掩映在云水之间，给人一种心旷神怡的感觉。上岛后，导游就考了我们一问，石碑上“虫二”是什么意思，我们一时猜不出来，他说那是“风月”二字，风月无边嘛！于是我们恍然大悟，看来旅游处处皆学问。据导游介绍，西湖最有名的有十景，景景有别，最早源于南宋，有千年之久，主要有苏堤春晓、断桥残雪、雷峰夕照、南屏晚钟等，后有元代钱塘十景、清代西湖十八景、清乾隆杭州二十四景、新西湖十景、中国杭州西湖博览会西湖十景，这些景点景观与西湖交相辉映，令人过目不忘，游而忘归。在小瀛洲，我们在一处景点前停住了脚步，宽阔的水面上，三座浮标似的东西若隐若现，显得庄重而神秘，后来才知那就是有名的“三潭印月”，是苏轼疏浚西湖时所建，三座像瓶子一样的石塔等距离地排在水中央，用作湖潭深处淤泥累积的标识，后来慢慢成了一处景点，每到中秋之夜，景区工作人会乘船到达三个塔，并在每个塔中心点上一支蜡烛，圆形的洞放出了蜡烛的光芒，远看像月亮一样，而每个石塔有五个洞，而三个石塔总共可映出十五个月亮，加上倒影及天空的月亮共计三十二个月亮，最后一个嘛，当然是游客们心中的月亮。月光、灯光和湖光交相辉映，月影、塔影、云影相互映衬，绘出一幅“烟笼寒水月笼沙”的美景，不过，这一奇异景致，只有在月朗天清的中秋之夜才能观赏到，平时到西湖旅游的人很难看到。在西湖旅游，没有几天的工夫，美景是观不完赏不够的，而更令人神往的不光是美景，还有美景后那些动人的爱情故事，也许，梁山伯与祝英台、许仙与白娘子、苏小小与阮郁，都是人们对美好爱情的寄托，也许，美丽的西湖，只有配上神话与美人，才能彰显它的传奇与浪漫。在西湖旅游，你除了听导演把故事讲得活灵活现外，还真应该去寻访的地方是武松墓、秋瑾墓与岳王庙，可以说，墓主人都是中华民族英雄主义的象征，为后世所景仰。岳王庙位于西湖栖霞岭的南麓，是纪念岳飞的主要场所，始建于南宋嘉定十四年（1221年），历经五朝，时废时兴。在岳王庙游览，总是给人一种伤感、一种震撼的感觉，那照壁上“还我河山”“精忠报国”的钢铁誓言，掷地有声，那《满江红》词，让人壮怀激烈，热血沸腾，从小听到的岳家军的故事，又历历浮现在眼前，相信每一个来这里参观凭吊的人都会感慨万千吧！历史的烟云虽然早已散去，但太多的思考却留给了后世。离开岳王庙，乘车归来，看看白天的西湖，满堤杨柳，十里荷花，默念着“山外青山楼外楼”的诗句，享受旅游的快乐与满足，人已经很累了，但晚上还有精彩的节目要看，拉着女儿草草地吃了晚饭，就又跑到了西湖边，夜里的西湖，是那样沉静，那样温婉，湖岸上的灯光，倒映在水中，闪闪烁烁，有的像萤火，有的像霞辉，有的像长虹，水有灵气，光有动感，给人美美的感觉，突然，舒缓的音乐响起，湖中的喷泉一跃而起，洒向空中，我们完全陶醉了。

遇见大海

生长在大山里，所见到的都是山峰溪水、树木竹林、房屋农舍，没有见过大海，有几次机会出差，到过杭州湾，去过朝天门，游过黄浦江，也是匆匆而过，没有时间静下心来看看真正的大海。有一次机会，满足了我的需求，了却了我多年的心愿，那就是北海之行。北海，地处广西壮族自治区南端，北部湾东北岸，是古代“海上丝绸之路”的重要始发港，国家历史文化名城，“中国十大宜居城市”之一。北海市面临的北部湾有丰富的海洋资源，为中国“四大渔场”之一。

我们去的第一站是一个渔村，要乘船渡过一个海塘，然后上岸，到了海滩，那片滩涂很大，好多的游客提着篓子、拿着小铲，在沙滩上寻找螃蟹、鱼虾、蛤蜊，还有潮水涌来留下的小海螺、小贝壳，有大有小，尖尖的，圆圆的，胖胖的，十分漂亮，爱不释手。沙滩远处，是大海，大海汹涌澎湃，浪花飞卷，疯狂而来，又迅疾而去，像一头喜怒无常的野马，无人可以驾驭，可对于以海为家的渔民来说，他们习以为常，驾轻就熟，沉着冷静，把我们带到大海的深处，那蓝蓝的天、静静的云，水天一色，真是美极了！渔民告诉说，过了这片海域，那边就是越南了，我们转了回来，看着渔民下网，一网撒下去，果然有收获，网着了一只叫不上名字的海生物，我们问，这样大的海生物要生长多少年，“一百年吧”，我们惊呆了，一遇就是百年，真是太难见到了。

第二站我们去了银滩，北海银滩度假区位于北海市南部海滨，海滩连绵约24公里，一眼望去，滩长平，沙细白，水温净，浪柔软，“天下第一滩”真是名不虚传。在这里，阳光明媚，海风习习，我们在导游的引领下，选择了各自喜欢的项目，有的冲浪，有的戏水，有的弄沙，有的拍照，有的享受日光浴，有的赤着脚沿着海岸线来回走动，感受银沙的柔软、大海的壮阔、浪花的美丽。在这里，有一项目很刺激，那就是坐水上摩托艇，在波峰浪谷中穿行，水花飞溅，惊险不断，有生死一线的感觉。回到岸边，仍惊魂未定，许久才平静下来，一种神清气爽的感觉弥漫全身。大海，你真美丽！银滩，你真漂亮！虽然，我没有见到仙人掌与老船长，但阳光沙滩海浪我都见到了，此行不悔。

旅欧小记

由于飞行的时间太长，下飞机后脚都肿了，再加上烦琐的安检程序，使人心里多少有点怨言，但短暂的欧洲之旅，又使人感到兴奋与满足，觉得不虚此行。

感受艺术魅力。法国巴黎是文化之都、艺术之都，也是浪漫之都。作为旅游者，我们要去的景点自然少不了埃菲尔铁塔、罗浮宫与巴黎圣母院。埃菲尔铁塔矗立在巴黎战神广场，三百多米高，一万多吨重，三层平台，是当年世博会的标志性建筑，后来作为气象、天文、战略观察、电讯广播电视传输和旅游观光使用。它了不起的创新，在于把铁材料作为了建筑的主体，并且很好地解决了铁塔的自重与风荷载问题，创造了人类建筑史的新高度。据说来此观光的游客有七百多万。我们坐电梯上到二楼，虽然风比较大，也有点冷，但可一览巴黎城市风光，眺望那高高的教堂与金光闪闪的宫殿。罗浮宫位于巴黎市中心塞纳河北岸，位居世界四大博物馆之首，原来是法国皇宫，居住过五十多位国王与皇后，是法国古典主义时期最珍贵的建筑群之一，以收藏丰富的古典绘画与雕刻而闻名于世，各类珍藏品多达四十万件。在这里，我们见到了断臂维纳斯雕像，见到了胜利女神石雕，还观赏到了《蒙娜丽莎》油画，真是太美了，有说不出的兴奋与满足，由于时间有限，来不及了解更多有关罗浮宫的故事，自己花了二十五欧元买了一本中文版的图书，回去慢慢看。离开罗浮宫，我们来到了位于市中区的西堤岛，走过一座桥，就见一座古典宏伟的大教堂矗立在我们面前。啊！那就是有名的巴黎圣母院大教堂，中国人知道它，还是读雨果的小说才了解的，然而，亲临其境，感觉非同一般，那建筑，那风格，那雕刻，那绘画，令人十分震撼。很可惜，在2019年4月15日的一场大火中，这座被联合国列入世界遗产名录的巴黎圣母院主塔烧毁了三分之二，要到2024年才能完成维修，然后重新对外开放。人们期待那一天的到来。

寻访历史遗迹。在比利时首都布鲁塞尔，我们专门去寻访了马克思曾经居住过的地方。1845年2月，他从法国巴黎来到布鲁塞尔，就在这座五层楼房的咖啡馆里，他写出了最伟大的著作《共产党宣言》。而在德国柏林，仍保留有一个马恩广场，用来纪念两位伟人。春雨纷纷，碧草茫茫，我们走进广场，瞻仰了伟人铜像，马克思坐着，恩格斯站着，那炯炯有神的目光像在洞察世界风云，预示着科学社会主义的未来。虽然，历史的变化，社会的发展，也难如其料，但德国的统一，东西的融合，给人民带来了和平与希望，从这个意义上讲，柏林墙的倒塌也是历史的进步与必然。在残存的柏林墙前，我们买下了一块小小残片，作为此行的纪念。

饱览水城风光。意大利的威尼斯，是有名的水城、商城与桥城，城市建在一米多深的浅海滩上，城市的基础全是打入水中的木桩，这真是世界奇迹。威尼斯由一百多个小岛组成，有一百七十多条水道四百多座桥梁，人们出入运输以船为工具。船工们的技术可娴熟了，有入无人之境的感觉，惊得你目瞪口呆，以为要翻船落水了，他们一竿子又撑平，卷着浪花潇洒而去。据历史学家考证，威尼斯最早人口为来自罗马城市的难民，随着商业的发展，城市的扩大，威尼斯人口由几千人发展到几十万人，威尼斯沿岸有两百栋豪宅与七座教堂，都是十四世纪至十六世纪的建筑风格，有如一座浮在水中的艺术长廊，威尼斯的建筑、绘画、雕塑、歌剧在世界享有盛名，每年慕名而来的游客络绎不绝。威尼斯与中国苏州结为姊妹城市，一东一西，优势互补，共同发展。离别威尼斯，望着远去的城市，翻腾的浪花，自由飞翔的海鸥，我的思绪怎么也拉不回来。是啊！人类创造了文明，文明也滋养了人类。

三台印象

对三台的记忆，还停留在十五年之前，那时我们从射洪参观完农村有线电视的发展后，转道去三台，三台广电局的同志热情地招待了我们，还带我们看了当时正在建设中的广播电视大楼，那份感情至今还存留于心。

这次去三台，是去参加省社科联举办的基层社科工作经验交流会。我们走高速到了三台，左转右转都找不到梓州国际大酒店在哪里，后在别人的指引下，才找到了地方。

离吃晚饭还有一段时间，三台社科联的同志陪我们到当地风景区梓州公园去转转，公园就在市区，不用走多少路，穿过几条大街，上下天桥就到了，进了公园，有一个高高的古色古香的雕花石柱，像在讲述三台这座城市的历史与文明，踏上长长的台阶，是一座高高的牌坊，牌坊后是一个广场，广场塑有诗圣杜甫大型的石雕像，宏伟高大，正气凛然，下边的木制牌上刻有杜甫那首《闻官军收河南河北》的诗，这首诗可谓脍炙人口、妇孺皆知，“却看妻子愁何在？漫卷诗书喜若狂，白日放歌须纵酒，青春作伴好还乡”，其爱国爱家、欣喜痛快之情跃然纸上，让人心生敬意！在杜甫的生平馆，通过听讲解和看说明，了解到了杜甫的家族史和他人生的坎坷之路，从长安到成都，从成都到三台，他共在三台待了一年多的时间，写下了许多登临、交游、怀旧、感伤的诗篇，其中《上牛头山》最为有名："青山意不尽，衮衮上牛头。无复能拘碍，真成浪出游。花浓春寺静，竹细野池幽。何处莺啼切，移时独未休。"

青山、古寺、翠竹、幽池，这就是当时牛头山的清幽雅静的景色。而今，在牛头山上，长廊幽远，繁花依然，虽然没有了草堂，却有了大殿，那里陈列着许多古往今来出版和研究杜诗的著作，还有许多赞美杜甫人品和诗作的书画作品，通过这些作品，更感觉到三台人民对杜甫的热爱。

在梓州阁，可以更多地了解三台的历史文化，特别是那些历史名人们为三台文化的创造和传承作出的不可磨灭的贡献。梓州阁，四角七层，二十八米高，登临而上，四面来风，如有凌云之感，在此可俯瞰三台城市全貌，老城新区，高楼林立，气象万千，青山远眺，涪江长流，真一登高览胜的绝佳之处。

离开梓州公园，回到宾馆，时间已是下午5点多，晚饭后，一个人乘人力车来到滨江大道，悠闲地走一走、看一看，这里的滨江路与其他城市不同，离江水很远，下有沙滩和绿树，大道宽而长，有些锻炼的人们，大道的里边是沿江开发的小区，谓之"滨江半岛"，这就是黄金地段。夕阳下，这座城市显得漂亮而安静。

上海空姐的剑门之旅

认识她们，是一次从上海归来的航班上，那时乘飞机的人远没有现在这么普遍，偶尔乘一次，也是一件非常幸福的事。我当时是随对口帮扶代表团访浙江回四川，扛着一架大的摄像机，在虹桥机场起飞前，经允许拍摄了一组飞机的镜头，准备随后制作专题片用，并留下一位叫陈琦空姐的传呼号，当时还没有手机，传呼也才刚刚使用。从此，上海的空乘们与剑阁广播电视台的我们，有了信息的交流与联系，天下雄关——剑门关神奇美丽的自然风光也逐渐被她们所熟悉和向往。

记得第一次踏上剑门关之旅，是在春夏之交，天气已经热了起来，她们一行好几位，都是空姐，有模有样，说话柔美，待人彬彬有礼，当时从双流机场赶到剑阁老城，住在滨河路的美丽洲宾馆，当日下午，她们一行去游览了鹤鸣山，参观了文峰塔和重阳亭，了解了古城的历史文化与风土人情，第二日去了剑门关，当时的国道108线车多路窄，有些地方正在整修铺油，堵了好长时间的车，才到了剑门关场镇，那时场外还没有新开辟道路，穿镇而过，车声喧哗，生意还算不错，豆腐店比比皆是。对于豆腐，她们并不陌生，只是看到整桌的三国豆腐宴，还是有些惊讶，上海人怕辣，她们只好选些清淡的饮食吃，至于吃得如何，只有她们自己才知道。关于住的问题，当时剑门镇最好的是供销社宾馆，虽然有些简朴，但很干净，可以冲澡，凉爽凉爽，以解疲惫，好在经理老徐是熟人，对上海来的客人很热情。说起剑门关的旅游，在她们的眼中，当时还处在比较原始的状况，公路穿景区而过，没有隧道绕开，关楼矗立在公路的对面，索道在下坡处的一个平台上，是比较简易的那种，坐过去也只能到达石笋峰的下边，上山只能徒步攀爬，即便如此，她们还是很兴奋，游得很开心，毕竟在大城市待惯了，眼里只有高楼大厦、车流人流，难以看到青山绿水、自然风光。

第二次到剑门关旅游，她们一行四人，两对夫妇，从成都到绵阳，然后来剑阁，走的依旧是国道108线，住在普安镇闻溪河畔的紫荆酒店，吃的是火锅与普通餐。对剑阁来说，陈琦已经比较了解，只是其他三位是初来乍到，有新鲜感。这次她们一行除观赏翠云廊的大柏树外，主要是爬山，她们随后山而上，到了有“小庐山”之称的翠屏峰，再到梁山寺，观千年紫薇，然后顺山而下，直抵剑门关口，登关楼，眺望剑门诸峰，对其风光与历史，感叹不已，但当时的剑门关旅游，投入不足，开发有限，而绵广高速正在修建之中，剑阁正在实施县城迁址，新县城的建设才刚刚起步，剑阁的发展还在艰难中前行。随后她们一行告别了剑门关，去了皇泽寺、千佛崖、三星堆、都江堰与峨眉山，饱览了四川的好山好水后回了上海。后来，剑阁广电的同志到东南三省旅游，有幸参观上海世博会，陈琦还专门坐船过黄浦江，来世博会现场给我们当向导，并设宴接待。

对上海的朋友来说，记忆最深的可能是第三次到剑门关，这一次她们一行三人，从上海飞广元。接机时已经比较晚了，从广元机场出来，不到一个小时就到了新县城。宽阔的大道，明亮的灯光，清洁的酒店，热情的老朋友，都给客人们以新奇的感觉，这就是十几年前那个荒芜陈旧的小镇，没有长街，没有大桥，没有高楼，没有酒店，没有公园，如今已焕然一新，成了一座漂亮的小县城。此外，还有更令他们感到意外的是剑门关旅游景区，通过灾后重建，整个景区的基础设施发生了翻天覆地的变化，先后创成了国家AAAA与AAAAA景区，旅游道路畅通了，上下索道更快更现代了，新建的关楼更加雄伟了，高空玻璃观景平台惊险而刺激，游客步步惊心，乐而忘忧，真是“无限风光在险峰”啊！特别是新开发的徒步游项目，更是险中之险，一条“鸟道”与“猿猱”道，像两条弯曲的绳子，在悬崖绝壁蜿蜒舞动，游人像蚂蚁一样在爬行，好在她们当时走的是鸟道，若走猿猱道，必须是年轻的勇士，而且要在教练的陪同下才能攀爬，常见客人们望崖兴叹：“太险了，太险了。”行走在剑门蜀道上，那险峻的山峰，那苍翠的古柏，那悠悠的石板路，那深厚而丰富的三国文化、关隘文化、诗词文化与红色文化，都令上海的客人们情有独钟、流连忘返。虽然，再愉快的旅途总会结束，但李白、杜甫、陆游的诗句一定会留在她们心中，也许，只有到了剑门蜀道，才能真正体会到古人笔下“蜀道难，难于上青天”“一夫当关，万夫莫开”“细雨骑驴入剑门”的美妙意境。

绍兴行

绍兴是鲁迅的故乡，每当读到鲁迅的散文与小说，总想亲临其境，去看看《百草园与三味书屋》是什么样子，看看《孔乙己》吃的茴香豆是什么，更想了解《故乡》中的风土人情。第一次踏上绍兴的土地，是随剑阁东西协作代表团去的，一到绍兴，那肥沃松软的土地，那渠网密布的水乡，那机器隆隆的工厂，那鱼那虾那螃蟹，那丝绸那布匹，还有那旧毡帽与乌篷船，都使我大开眼界，兴奋不已，恨不得用镜头把所有的美景记录下来，拿回去制成节目分享给自己的受众，可惜，随团采访时间太紧，没有机会去光顾绍兴的美景、了解绍兴深厚的文化，只能找绍兴电视台要了一部专题片，以弥补采访的不足。

第二次到绍兴，是女儿王景初中毕业以后，为了履行承诺，带她去杭州，顺便到了绍兴，当时只有一个下午的时间，我们去了鲁迅故居，参观了百草园与三味书屋。对照文章中的描写依次寻找，遗憾的是，书中的描写太精彩，而现实的景观太一般……也许，由于时空的变化，这里已没有了原来的特点，或许是作家要把文学的美留在人们的记忆里。离开鲁迅故居，我们去了一条老街，老远就看见了咸亨酒店，铜塑的孔乙己站在门口迎接我们。茴香豆与绍兴酒，依然是当地的特色，好像一点也没有变化，只有祥林嫂带着孩子在为生计奔忙。

随后，我们去了秋瑾故居与轩亭口，瞻仰了这位近代伟大的革命女性，其目的是让女儿记住，中国的今天是无数仁人志士用生命与鲜血换来的。为了了解绍兴的风土人情，我们租了一辆黄包车，顺着老街小巷，转了一大圈，那些古老的民居房舍、凉亭水榭、小桥流水，都令人流连忘返。可惜，因为时间的关系，我们没有去陆游的沈园，只能在《钗头凤》的诗词里慢慢品咂。

梦幻九寨沟

剑门关景区到九寨沟，在一条旅游线上，虽然路程不远，但却很少有时间去赏景观光。一个偶然的机会大约是一个星期天，我们两家人相邀去了九寨沟，去了那令人震撼与梦幻的地方。

九寨沟地处岷山山脉南段尕尔纳峰北麓，是长江水系嘉陵江源头的一条支沟。它以高山湖泊群、瀑布、彩林、雪峰、蓝冰和藏族风情并称“九寨沟六绝”，被世人誉为童话世界，号称水景之王。九寨沟有4条沟，108个海子17条瀑布，风景区呈Y字形分布，其中树正沟处于“Y”的下支，左支为则查洼沟，右支为日则沟，还有一条叫扎如沟。四条沟里大大小小的海子星罗棋布，像美人颈上闪亮的珍珠，熠熠生辉。说是海，有点夸张，说是大海的孩子，倒也贴切，它可能是天上的神仙路过丢下的宝物，也有可能是几万年前地震留下的杰作，但无论怎么想象，你都难以描绘出它的美丽与珍贵！

就说那五彩池吧！据导游介绍：五彩池是九寨沟最小的海子，但是色彩最为丰富，不同的角度和位置有不同的色彩，在阳光的照耀下，颇为神奇，五彩池的水来自高处的长海，池水四季不冻，水中生长着水绵、轮藻、小蕨等水生植物，还生长有芦苇、节节草、水灯芯等草本植物。这些植物所含叶绿素深浅不同，在富含碳酸钙质的湖水里，就呈现出不同的颜色，使得五彩池上半部呈碧蓝色，下半部则呈橙红色，左边呈天蓝色，右边则呈橄榄绿色，五彩斑斓。五彩池池水清澈通透，透过水面，能清晰地看到池底岩石的纹路，在阳光的照耀下，闪耀着五彩的光芒。九寨沟除了海子迷人外，瀑布更加撩人心魄 ，看看熊猫海的瀑布你就知道了。

导游告诉我们说：熊猫海瀑布高度达80米，以高峻著称，在九寨沟瀑布中是落差最大的一个。熊猫海瀑布是季节性瀑布，冬天断流后会完全结冰形成冰瀑，又别有一番景色。熊猫海瀑布三级叠水，极为壮观。雪白的水流奔腾而下、倾泻而出，在栈道边激起很高的水花。当你看见美丽的瀑布漫过梯田一般的层层水坝奔涌而下，两岸夹杂着青翠的植物，顿时有山间一日、人间一年的感觉。从瀑布顶端俯视，就好像是站在天际云端。这一道跌落深谷集成一股强劲的激流，沿着谷底的河道狂啸而去，声势巨大，如万马奔腾，雷霆万钧。

九寨沟除了看不够的海、观不尽的瀑布以外，还有雪峰、森林、鸟兽、虫鱼、花草、古寨、民风，都令人神往。走在幽静的栈道中，欣赏着溪流美景，有说不出的清爽与愉悦，有点马致远《天净沙》中描写的感觉，“枯藤老树昏鸦，小桥流水人家，古道西风瘦马”，恨不得常住于此，洗尽人间烦恼，与山水同生。离开九寨沟，回到剑门关，思绪总在大脑中回旋，对九寨沟的美景美味念念不忘。

天有不测风云，2017年8月8日，九寨沟县发生7.0级地震，景区遭到破坏，经过灾后重建，景区于2019年9月正式对外开放，但愿它依然是那个自然原始美丽的童话世界。

爬长城

小时候，只在书里、画里见过长城，后来有了电视，长城就更加形象了，特别是中央电视台的专题片《话说长城》播出以后，长城就在我心里更加清晰起来，梦想有一天自己可以去爬一下长城。

第一次出差去北京，工作之余，首选要去的地方就是长城，我们三人起了一个早，借了一个照相机，租了一辆桑塔纳就去了八达岭长城。当时是冬天，天气有点冷，游客不是很多，没有拥挤一说，我们很快买好票，就上了长城。长城的高大雄伟，蜿蜒盘旋，让人震撼，那坚固的墙垣、墙垛、瞭望孔、烽火台，也让人感到惊奇。那铺地的方砖，那扎基石条是如何运上去的，在当时可没有任何的机械，只有人力，这需要多少人，费多少工，花多少时间才能建成啊！导游告诉我们，万里长城东起山海关，西至嘉峪关，有一万三千多里，秦、汉、唐、明都有修建，八达岭长城是明代的杰作，它主要起到军事防御的作用。听了导游的介绍，我们增加了不少的知识，脚步也加快了许多，到了好汉坡，腿已经酸得走不动了，“不到长城非好汉”，走，继续走，爬，手脚并用，实在不行了，我们就坐在梯坎上歇一下，再往上爬，终于到了顶端的烽火台。此时，我们就像古时候得胜的勇士一样，自豪感油然而生，为自己，也为长城。

第二次爬长城，是在一个秋天，我们送女儿王景去北京林业大学读书，报名以后，有一天的休息时间，丁戈与跃琴陪我们去了居庸关。据导游介绍：居庸关得名，始自秦代，取“徙居庸徒”之意。汉代沿称居庸关，三国时代名西关，北齐时改纳款关，唐代有居庸关、蓟门关、军都关等名称。

居庸关形势险峻，自古为兵家必争之地，它有南北两个关口，南名“南口”，北称“居庸关”。现存的关城是明太祖朱元璋派遣大将军徐达督建的，为北京西北的门户。居庸关两旁，山势雄奇，中间有溪谷，俗称“关沟”。这里清流萦绕，翠峰重叠，花木郁茂，山鸟争鸣，绮丽的风景，有“居庸叠翠”之称，被列为“燕京八景”之一。“一夫当关，万夫莫开”，在居庸关，我们穿过关城，顺着城墙上台阶，下到溪涧，又依山而上，跃琴的儿子超超陪着女儿，登上了山顶的烽火台，而我们只爬到了半山腰，就等他们归来。

告别居庸关，我的思绪还在长城上萦绕，孟姜女哭长城的故事反映出那个时代劳苦大众的凄苦与沉重。而现在，长城作为古代的军事设施，已经是世界文化遗产与旅游胜地，永远是中华民族的骄傲，它与埃及金字塔、罗马斗兽场一样永远屹立在全世界人民的心中。

游漓江

在我心中，巴山蜀水是最美的，那绵延起伏的群山，那奔流不息的嘉陵江，都充满了诗情画意。然而，到了桂林，到了漓江，才知道山明水秀，江山如画。记得那年春天，在省委党校举行的社科班学习结束之时，班里组织我们去了桂林，到桂林当然要游漓江，上了游船之后，春雨潇潇，润物无声，但大家情绪高昂，不顾雨水打湿了衣服，痴痴地站在船头，举相机摄取每一帧动人的画面，生怕把最美的山水风景错过。人们常说，桂林山水甲天下，漓江山水甲桂林，这甲字用得太妙了，不知是谁想出来的。漓江的山是那样清秀、那样圆润、那样百看不厌，就像刚刚出浴的少女，有点妩媚，也有点羞涩，在加上烟雨朦胧，若隐若现，就显得更加神秘与梦幻。漓江的水，岂一个清字了得，清澈见底，有如明镜，那山的倒影、树的枝丫、竹的姿态、人的笑脸，都映在江里。漓江有五大景色特佳，那就是“杨堤烟雨”“浪石仙境”“九马画山”“黄布倒影”“兴坪佳境”。然而，游漓江，你总有点目不暇接，往往是听了导游的介绍，却错过观赏风景，最好的办法是什么都不干，用眼用心，静静地体味山的幽趣、水的灵动。漓江有画，那是一幅长长的画卷，是写实的，也是写意的，似像非像，任你浮想联翩。名扬天下的“九马画山”以及杨堤的“鲤鱼挂壁”与草坪的“绣山彩绘”“张果老倒骑千里马”等漓江崖画，都是浑然天成，别有情趣，导游告诉说，那白色的斑印恍若骏马图，是山崖渗水带生长的藻类生物死亡钙化而形成的。啊！我还以为真是哪位神仙所留。漓江有诗，那诗古韵悠悠，妙句生辉。我最喜欢的是韩愈在送别友人严谟时所作的五律：“苍苍森八桂，兹地在湘南。江作青罗带，山如碧玉篸。户多输翠羽，家自种黄甘。远胜登仙去，飞鸾不假骖。”其中的“江作青罗带，山如碧玉篸”，成为描写桂林山水的千古名句。清代袁枚的“分明看见青山顶，船在青山顶上行”，动静结合，独具诗情画意。明孔镛《象鼻山》，形象生动，“象鼻分明饮玉河，西风一吸水应波。青山自是饶奇骨，白日相看不厌多”。叶剑英元帅描写兴坪美景的诗也清新别致，“清风漓水客舟轻，夹岸奇峰列送迎。马跃画山人睇镜，果然佳胜在兴坪”。

游漓江，赏风光，品诗词，美不胜收，心旷神怡。不知不觉，游船到了阳朔，我们不得不告别漓江，晚上去观看了大型山水实景演出《印象·刘三姐》，这场演出分“红色对歌、绿色家园、蓝色情歌、金色渔火、银色盛典”五个篇章，以自然造化为实景舞台，那漓江的水，桂林的山，刘三姐的歌，少数民族的风情，给人宽广的视野和超然的感受，让人完全沉浸在那美丽的夜色风景以及动人的山歌里，让南来北往的游客如痴如醉，久久难以忘怀。

南京纪事

两次去南京，很想写一篇文章，但总是提不起笔来，原因有二，一是南京是六朝古都，名胜古迹较多，历史文化厚重，二是南京山清水秀，风光静美，景区名气大，写不好反而令人笑话，但不管怎样，一说到南京，想起南京，还是那样令人神往，令人兴奋，令人景仰，令人沉思与震撼。

令人兴奋的要数秦淮河的风光了。两次去南京，两次游秦淮河，一次是白天，一次是夜晚，白天的景色是明丽的，那河水，那小桥，那杨柳，那徽派建筑，像一幅画，轻描淡写，恰到好处。夜晚的景色是鲜艳的，那灯光，那游船，那亭台，那繁华的夫子庙，五光十色，浓墨重彩，令人炫目。有人说，游秦淮河，除了领略迷人的风光，更重要的是探寻它的历史文化。的确，在秦淮河随手一点，水里流动的都是名人故事，什么帝王将相、秦淮八艳、文人墨客的诗词歌赋，比比皆是。唐代诗人杜牧的《泊秦淮》，妇孺皆知，“烟笼寒水月笼沙，夜泊秦淮近酒家。商女不知亡国恨，隔江犹唱后庭花”，它不仅描写了秦淮河迷蒙的月色，也抒发了对兴亡的感叹。唐刘禹锡《乌衣巷》中的“旧时王谢堂前燕，飞入寻常百姓家”，描绘了东晋王导、谢安等豪门大族曾经居住的乌衣巷的沧桑巨变。宋代贺铸的《秦淮夜泊》，色调明丽，让人感受到一股温馨的气息，一种优美的清调。吟着“官柳动春条，秦淮生暮潮。楼台见新月，灯火上双桥”的诗句，你仿佛回到了古代，与诗人同游秦淮河。朱自清先生的《桨声灯影里的秦淮河》，却把夜里秦淮河的灯光月色、画舫歌女的内心感受描写得生动细腻、熠熠生辉，使之成为散文名篇。

令人景仰的当然是中山陵。中山陵位于南京东郊紫金山南麓，是中国民主革命先行者孙中山的陵墓，东邻灵谷寺、西毗明孝陵。孙中山先生于1925年3月12日在北京病逝。孙先生临终前嘱咐：“吾死之后，可葬于南京紫金山麓，因南京为临时政府成立之地，所以不忘辛亥革命也。”中国国民党遵照其遗愿，在南京为他修建陵墓。据导游介绍：中山陵由吕彦直设计，历时六年始告完成，整体平面呈警钟形，与孙中山“唤起民众”的政治遗嘱相契合。陵墓设计充分利用地势，将牌坊、陵门、碑亭、祭堂等主要建筑从低到高依次排列在紫金山南的缓坡上。走进这里，踏上一层层台阶，心中充满了崇敬。一种庄严肃穆的感觉油然而生。回想起孙中山先生光荣而伟大的一生，无不为他百折不挠的革命的勇气所折服，四十多年来，他以“天下为公”为己任，为了推翻帝制，实行共和，他积极奔走海内外，一方面宣传三民主义思想，组建兴中会、同盟会，一方面创建了中国国民党，集聚革命力量。他与他的战友们先后举行了十多次起义，并成功领导了辛亥革命，在南京成立了中华民国临时政府，并任临时政府大总统，制定了《中华民国临时约法》，1912年2月12日，清帝正式退位，宣告几千年来的君主专制制度的结束。

辛亥革命在政治上、思想上给中国人带来了不可低估的解放作用，开创了近代史上的民族民主革命，有力地推动了中国社会变革。令人遗憾的是，辛亥革命的果实被袁世凯所窃取，但孙中山先生的功绩被世人所铭记。离开中山陵，回望沉静恢宏的陵园，我们更加缅怀这位伟大的革命先行者。

令人沉思与震撼的是参观纪念馆。走进侵华日军南京大屠杀遇难同胞纪念馆，你的心情是沉重、是悲痛、是震撼、是愤慨。那数字、那图片、那文物、那证词、那死难同胞墙、那万人坑里的白骨，铁一般的事实证明了日军的暴行，从1937年12月13日起，日军在松井石根与谷寿夫的指挥下，在南京实施了长达6周的大屠杀。在这次大屠杀中，有30万无辜的群众与俘虏被残害，30万啊！勿忘国耻，祭奠同袍，珍爱和平，警钟长鸣，是走进这里每一个中国人的共同心愿，我们肃立，我们鞠躬，我们献花，我们满含泪水，我们世世代代应该记住，“落后就要挨打”，只有强大，只有独立，才能赢得民族的希望与未来。

蓉城散记

在很小的时候，要去一趟省城成都，简直是天方夜谭，后来有机会去，对公交车顶上的背汽包与大楼上的供水塔感到新鲜，被同事们当作笑话。再后来，因为工作学习出差去成都的机会多了，我对这些也就习以为常了，但还是有些事情记忆深刻。

春熙路上遇明星。当时的春熙路没有现在这么气派与繁华，可在当年，春熙路是成都最热闹的地方了，人们去成都，不管买不买什么，都要到春熙路去转一下，感受一下那里的商业气氛，到成都不到春熙路就等于没有去。有一次，办事之余，跑到春熙路去转，突然，春熙路的饭店门口拥了很多人，很多警察在维持秩序，还有服务员手里拿着鲜花，一会儿一辆小车开了过去，车上下来一位新潮的男士，人们呼喊着他的名字，我才知道是费翔，当时他唱的《冬天里的一把火》正红遍大江南北。

文殊院里等客人。成都文殊院，是一个特殊的佛教场所，平日里去很少。有一次，我随县委统战部的同志去采访，主要是苏州佛教界为剑阁旱灾搞捐赠活动，由于航班误点，客人久久未到，我们只得等。在这期间，我们坐在文殊院的大厅外，边乘凉边听负责人讲佛教，有些我们听不懂，偶尔我们也问一些常识性问题，一直等到苏州的客人到了，大家才一起共进晚餐，吃的是素席，我是第一次见那么丰盛的素餐。第二天，我们见到了文殊院的大和尚，九十高龄的他，精神矍铄，善意诚心，对苏州佛教界的捐赠表示感谢，并为剑阁灾区人民祈福。

蜀都大道访老乡。在成都，有许多剑阁老乡，他们对家乡怀有特殊的感情，住在蜀都大道旁的苟老就是其中的一位。他叫苟绍武，剑阁涂山人，曾任过剑阁新华书店经理、绵阳地区文教局局长、省外文书店总经理，他十分关心家乡的发展与建设，每次见面，他都热情地接待我们，询问家乡的情况，尽可能地帮助我们，当得知家乡因地震广播电视受损严重时，他立即打电话告诉他在国家广电工作的儿子，了解有关信息与政策。帮扶家乡度过难关，这令我们十分感动，终生难忘。

西南书城选好书。每一次到成都出差，最喜欢去的地方就是书店与书城，无论如何，总要挑几本书带回去，特别是西南书城，是我去得最多的地方，每次进去，不是买新闻写作方面的，就是买时事政治方面的，或者是历史人物方面的，科技方面的书买得较少。有一次，四川广播电台的海容帮我选购了几本历史文化方面的书籍，我爱不释手，很是喜欢，其中有一本写民国历史人物的书，我反反复复读了好几遍，不仅我读了，我的孩子也喜欢读这本书。书，智慧的源泉，买是心安，读是快乐。

省委党校忙充电。人们在工作生活中，除了学校学的基础知识外，大部分是在工作以后的岗位上不断学习与培训，记得在成都的培训学习主要有新闻宣传、政策法规、广电技术与管理，而记忆最深刻的是在省委党校学习了一个月，当时县委宣传部的政国部长派我去学习社科理论。我是县社科联主席，不懂社科怎么能行。在学习中，听取了全省一些知名专家学者的授课，弄清楚了许多我疑惑的理论问题，使自己在思想理论上提高了一大步，而省委党校优美宁静的环境也让人感到舒适愉快，是我见过的最美大学校园。

广电厅里跑项目。一个地方的发展离不开项目，没有项目，一事无成，特别是广电，它本身就是靠事业靠技术支撑，在剑阁的洪灾、地震、无线覆盖与村村通建设中，省广电厅领导吴宝文、何大新与各处室都给剑阁以大力支持，多次深入剑阁调研考察，调配设备器材，保证灾后重建的顺利进行。省电视台台长王均还将他们换代下来的摄像机赠送给剑阁台，支持我们提高电视节目质量，增加对外宣传的影响力。正是这些有力的支持，才使剑阁广电走上了发展奋进之路。

展销会上开眼界。在广电的发展过程中，技术进步起着关键的作用，特别是产品展销会与电视节，是我们基层广电最盼望最不能空缺的内容。展销会是新技术、新产品、新节目展示的平台，也是供求双方交易的平台，在这个平台上，广电部门可以交朋友、找货源，可以优胜劣汰、优中选优，寻求合作意愿与项目。当然，在展销会上，我们主要还是学习新技术，研究新设备，从盲目到懂行，不至于上当受骗，做一个专业的广电人。

走进建川博物馆

走进大邑县的安仁镇，你除了参观刘氏庄园、刘湘公馆等老公馆外，你还可以到红星街、树人街、裕民街三条古街走一走，再到建川博物馆看看，相信你会有很多新的发现与不同的感受，这里古朴庄重的建筑、深厚的历史文化与现代文旅产业的新业态，都深深地吸引着观光旅游与学习考察的人们。

这里是全国唯一的博物馆小镇。说起这个小镇，特别是建川博物馆聚落，你一定要走进去，慢慢地参观，慢慢地品味，真有点不看不知道、一看惊一跳的感觉。20多个展馆中，最应该看的是抗战馆与地震馆。抗战博物馆中既有共产党领导的抗战，也有国民党领导的抗战，还有美国援华飞虎队的抗战，特别是30 万川军出川抗战。那一把把大刀、一杆杆长枪、一顶顶钢盔、一个个饭盒、一张张照片、一封封家书，全面展现了中国人民英勇抗敌的全过程，令人震撼与悲泣，而日军惨无人道的暴行，更是令人愤慨。在抗战壮士广场，你可能会被那凝重的场面、磅礴的气势所吸引，也情不自禁地要走向他们，或者要找一找、看一看，端详一下他是谁，是不是你所熟悉的将士与英雄。此时，如果你曾经当过兵，你会给他们敬上一个庄重的军礼；如果你是少先队员，你会把手高高地举起敬个队礼；如果你是普通老百姓，也会给他们深深地鞠上一躬。因为，中华民族是敬重英雄的民族。

离开抗战博物馆，我们到了地震博物馆，这里悲壮的场景，这里伟大的呐喊，这里飘扬的旗帜，这里紧急的救援，都让我与岳母和大鹏流下了热泪，因为这样的场面我们都经历过，而且岳父李茂凡也是在地震中因公牺牲，当时地震波及的地方破坏的程度不一样，汶川、北川、青川是最严重的，我们剑阁也是重灾县之一，在那场与生命赛跑的抗震救灾中，我们都付出了许多，也得到了四面八方的大力援助与对口帮扶，那无私的义举与恩情至今难忘。

在建川博物馆，我还特地去参观了属于民俗类型的三寸金莲博物馆，这个馆陈列着上千双小脚妇女的鞋子，绣花漂亮，做工精巧，让人眼花缭乱，但又让人悲叹。因为，它是封建社会捆绑妇女的一大工具，我的母亲就是一双小脚，一生深受其害，走路干活，疼痛难忍，鞋也买不到，必须自己做，烂了自己补，有时用剪刀去死茧都无从下手，悲呀！我的母亲，生不逢时。好在这个妇女缠脚的恶习随着时代的进程被废止，要不然，不知会残害多少妇女。

离开建川博物馆，我想起了樊建川先生写在一本书上的话，“为了和平，收藏战争，为了族魂，收藏传统，为了未来，收藏教训”。安仁镇，我还会来的。

风采依然如故

几多寻觅几多情

他走来，满怀深情地走来，顶着秋风秋雨，踏着巴山蜀水，慢慢地，悠悠地，沿着当年那条奔赴延安圣地的艰辛之路。寻觅着，寻觅着，寻觅着当年的足迹，当年的历史和当年生命的曙光。他是谁？他就是原中宣部副部长、文化部副部长、现全国政协常委、当代著名诗人贺敬之老人。剑阁的山水认识他，剑阁的人民也认识他。他的《白毛女》妇孺皆知，他的《回延安》被选入了中学课本，他的《雷锋之歌》影响了一代中国年轻人。读他的诗，明白晓畅，铿锵有力，情景交融。他写的歌词，宽广宏大，坚定热烈，优美明快。一本厚厚的《贺敬之诗歌选》既是战斗的号角、时代的鼓点、中华民族不屈不挠的历史，也是贺老先生对党、对人民、对祖国的真诚挚爱。

哦！贺老，你在想什么呢？是在回忆当年的往事，还是在惊异今天的变化,还记得这条路吗？记得这座城吗？记得记得，就是这条路，这条新生的路，使我踏上了抗日救国的征程，就是这座城，这座古老的文化城，留住了我的脚步，我的身影，当年我曾在这里住了一夜嘞！

历史，总有它沉重的一页，你告诉我们说，1938年，你的家乡山东枣庄陷入日寇之手，15岁的你随学校迁往武汉，随即又迁往四川梓潼，1940年，你从梓潼经剑阁到广元，然后奔向了延安。几十年，岁月匆匆，你忘不了这条路，忘不了这片地，忘不了这片土地上的人民。虽然，你不再年轻，但你依然精神矍铄、谈笑风生，似乎早已忘记了岁月留给你的根根白发。你说，剑阁的历史文化，灿烂辉煌，红军文化、道教文化、三国文化，精彩纷呈，可当年国难当头，无暇观赏碑帖。

你说，剑阁四十多年来变化太大，工业发展也有特色，在毛巾床单厂访问，你挥笔写下了“此厂已在青云上，如今蜀道不再难”的题词；你说剑阁的山水，美丽如花，翠云廊宛如苍龙，永远也忘不了当年走过的这条古柏道；你说，大剑山有阳刚之气，也有阴柔之美；看罢翠屏峰，你说，美得使你不想再看别的地方。

登上剑门关，虽然有风有雨，但关雄楼峻，你却流连忘返，乐不思归，望着那壮如城郭的千仞绝壁，你陷入深深的思考之中，像是想起当年的历史。下关后，你满怀深情对县领导说，要让天下人都知道剑门关，至少，每一个中国人都应该知道。你十分赞赏剑阁旅游兴县的战略，并寄语县领导，开发三国文化，宁精勿乱，要重点突出与剑阁有关的三国人物与战争历史，让人游有所得，从中汲取历史的教训。

是的，历史的教训不该忘记，你重访当年革命路，不也是教育后世的人们奋发图强、建设社会主义现代化吗？

剑门山高，剑溪水长，山高水长情难忘！那一草一木。那一阶一石，那一亭一阁，都留着你的情，留着你的意，留着你的诗，留着你的希望与嘱托。贺老，剑阁人民祝你健康长寿，希望你再来剑阁，再游剑门关。

追忆卢子贵先生

窗外的雨，总是淅沥沥地下，给人平添了几分忧愁，本希望天赶快晴朗起来，谁知雨越来越大了……突然，手机的微信群里传来了一条不幸的消息——卢子贵先生去世了。卢老先生，多么熟悉的人啊！健健康康的，怎么说走就走了呢？

卢子贵先生，1932年出生，成都简阳人，做过干事、秘书、办公室副主任、主任；1982年后历任四川省广电厅副厅长兼四川电视台台长、厅长、党组书记、总编辑；曾担任四川省电视艺术家协会主席、中国电视艺术家协会副主席、四川省散文学会创始会长。20世纪50年代，他开始在报刊上发表文章，1989年开始出书，20多年来，已出版《卢子贵散文选》《瓜豆录》《应将书剑许明时》《电视艺术枝叶谈》《白首心与友声》等散文、杂文、随笔、评论集十多册，200余万字，《步步走来》散文集荣获第七届冰心散文奖，长篇文论《电视的党性原则和民族化道路》获中国广电学会颁发的应用理论一等奖，评论集《电视艺术枝叶谈》获四川省政府颁发的社会科学研究成果奖。此外，2013年还获得四川省政府颁发的“四川文艺终身成就奖”。卢子贵先生作为优秀电视人，还先后组织和监制了《红岩》《张露萍》

《朱德》《陈云出川》《家·春·秋》《死水微澜》等多部电视剧和《超越》《天府十年》《西部之声》等多部电视系列片，他为四川电视事业发展繁荣做出了较大贡献。

认识卢子贵先生，不仅他是领导、是台长、是厅长，更重要的是我们心目中的一位长者、一位关心基层广播电视工作者、热爱文学艺术且对文字精益求精的人。记得有一次，我们要出一本广播电视新闻集《情系剑门　笔铸春秋》，想请他写序，新闻研究所的康庆良所长把我们带到他的寓所里，他热情地接待了我们，并答应一定写。留下书稿，我们就走了，没过多久，他写的《关注文字写作　提高节目质量》的序文并连书稿寄给我们，他在序文中肯定我们："字字得来不容易，十年辛苦不寻常。""广播电视工作者既要重视镜头，也要重视笔头，文字水平不仅是语言表达问题，也是广播电视工作者的文学修养和艺术素质。"这是多么中肯的话啊！他的提醒和教诲，我们牢记在心，永远激励着我们前进。后来我们的书由四川大学出版社出版了，我们还给先生寄了两本，先生的文章还登载在《广元日报》上，受到读者的好评。另一件事我们还记忆犹新，那就是他关心剑门关景区旅游发展的事，当时景区为了吸引游客，准备在关口安装观光玻璃电梯，先生视察回成都后，在四川日报的《巴蜀小议》栏目发表了一篇文章，批评安装电梯破坏了自然景观，后来景区听取意见，放弃了这一工程，使千古雄关的原始风貌得到了有效的保护。卢先生对剑门风光情有独钟，他在《感受翠云廊》散文中，不仅对翠云廊进行生动的描述，而且对其历史、神韵、精神大加赞赏，愿剑阁人民世世代代保护好和传承好。

卢子贵先生爱好写作，特别是在退休以后，更是勤耕不辍，他在《写作之乐》的短篇文章中说：“从此光阴归我有，以前岁月属官家。”“文字和写作不仅有无穷的魅力，我还渐渐体会到，他可以养心健体，酝酿腹稿，有如十月怀胎，写成稿子，有如一朝分娩。生活在文学和写作的天地里，我看青山多妩媚，青山看我亦如是。”这就是卢子贵先生的退休生活，有情趣有追求，多么可贵的老人啊！

窗外的雨，时大时小，像是我们绵绵的思绪，在悼念老人，在追忆他留给人间的点点滴滴……

何叔走了

记得那天下着小雨，车窗外一片迷茫，我眼里蓄满了泪水，因为何叔走了，他走得那样匆忙，我们连最后一面也没见上。我当时在新城上班，听说他突然病了，忙让小孙去县医院看看他，可他已经在抢救之中，我只得在心里默默祝愿：何叔会好的，何叔会好起来的。可谁知他竟然走了，他走了，我很悲痛，不知用什么语言去形容当时的心情，想起他与我这个小字辈交往的一幕幕，实在是令人唏嘘和感动。

记得第一次见到何叔是在《剑阁县志》的发行会上，他抱着一摞县志往县委招待所走，高高的个子，脸上带着自信的微笑，我当时在采访，只知道他是编县志的，我对他很尊敬，因为写县志需要有一定的文化功底，不是任何人都可以做到的。第二次是我受命写杨家坝水库工程建设的电视专题片，我在县总工会指挥部的办公室里，见到了何叔写的杨家坝工程建设的文字稿，密密麻麻几大篇，字很小，也很工整，正是在这个底稿的基础上，我们创作摄制了反映杨家坝水库工程建设的电视专题片《丰碑》，受到了社会各界的好评，也许，就是这部专题片，何叔才真正认识我，觉得我还能写点文章，这以后我们交往就多起来。我有时会主动到他办公室请教，他若有时间的话，也会到我办公室里来坐坐，摆摆条，话题总离不开他研究的三国文化和出版的书，每次有新书出版他总要送我一本，至今我还保存着何叔他们编著的《黄裳传》《十三峰书屋全集》《国学大师谢无量》等，它们开阔了我的视野，积累了我的知识，丰富了我的内涵。

记得有一次，家乡的一位退休教师找到我，要我帮他们看看《王氏族谱》，我说这不是我的专长，我找到何叔，何叔二话没说就答应了，经过几个月的忙碌，《王氏族谱》就编印出来了，这不能不说是何叔付出的心血。再就是我们《广播电视志》的编写，这也是一项系统工程，广播电视的政治性、专业性、技术性较强，但何叔不畏难，从走访、坐谈到收集资料，完成初稿交给我们修改，整整花去了他一年多的时间，一年多，对一个老人来说，是多么宝贵、多么不易，没有拼命的精神和顽强的毅力是很难完成这项工作的。何叔为广电，为我们，书写了这段难忘的历史，我们感谢他，深深地感谢他。

还有一件事，也许别人不知道，但我和他都清楚，我有一个舅舅，住在闻溪乡，他是一位退休教师，一生爱好文学，还爱研究天文地理和中华姓氏，但一直没弄出什么成果来，何叔知道后，亲自到家里拜访，后来我们想办法把他接到城里来，找了一间房子，让他在一个清静的环境里写作和整理，何叔和我常常去看他，还为他送茶、送饭和送药，后因年龄和身体原因，未能实现我们共同的愿望，这是令何叔与我都感到非常遗憾的一件事。尽管老人也走了，但何叔热爱文化和抢救老一辈文化人的事迹都令后辈们万分感动，这不是一般人可以做到的，可他做到了。

何叔是个爽快人，也是一个乐于帮忙的人，他的书法远近闻名，别人有求必应。记得有一次，他问我要什么书法作品，我想了想说，就写诸葛亮的《出师表》吧，因为我很喜欢《出师表》这篇文章，他真的就给我写了，后来还送到装裱店把它裱了，我至今收藏着，它不仅是一份珍贵的记忆，也是一份高尚的感情，更是何叔与我忘年之交的永久见证。

初识歌手刘大成

认识农民歌手刘大成，更多的是在电视上，而这次与其近距离接触，是在剑门关景区，是在中国文联志愿服务中心于剑阁举办的乡村学校少年宫辅导员培训班上，作为文艺志愿者的他，要为川西北片区两百多位学员上声乐辅导课。

说起刘大成，人们只知道他是央视星光大道2010年度总决赛的冠军，却不知道他为了实现自己的音乐梦，走过了一条漫长而又艰辛的求索之路。他出生在山东济宁南留村一个普通的农民家庭，从小就跟着父亲拉小车卖煤球，初中辍学，后来借钱上了济宁职中的艺术班，他热爱唱歌，但家里穷，无条件进行专业的音乐学习，他就在村口的大喇叭下听歌听戏，山东柳琴、梆子、河南的豫剧、嘉祥的唢呐、古运河的民间艺术成为他最早的音乐启蒙老师。他进厂、打工、成家、去北京、回山东，在农村红白喜事上和饭店酒楼唱歌，然后报名参赛，直至上央视。

见到刘大成，是在天赐温泉的大厅里，高高的个子，穿着黑色的内衣和外套，背个旅行包，朴实无华，少言寡语，一看就是一个内秀的人。上车后，我们先去龙江小学看培训场地，然后去剑门关景区，由于景区被华侨城接管经营后，索道安全维修，耽误的时间较长，大家还是耐心地等待。在游览观光中，刘大成显得很活跃，要么惊叹，要么欣赏，要么拍照，总想把剑门关最美的影像留在自己的记忆里。山路陡峭，他有点胆小，我问他走过这样的路吗？他说他的家乡全是平原，很少见到这样的大山，很雄伟很壮观。在登上剑门关的石梯后，见到城楼下的诸葛亮塑像，刘大成很惊喜，兴之所至，现场清唱了一段京剧《收姜维》：“四千岁你莫要羞愧难当，听山人把情由细说端详，想当年长坂坡你有名上将，一杆枪战曹兵无人阻挡，如今你年纪迈发如霜降，怎比那姜伯约血气方刚，虽说你今一天打回败仗，怨山人我用兵不当。”歌声在山谷中回荡，久久不息，大家在导游的讲解指引下，登关临楼，品三国故事，忆姜维忠蜀，守关据险，感叹不已。

听刘大成上音乐课，是一件很开心的事。开班仪式后，是他与苟婵婵老师的音舞辅导课，两人配合默契，各展所能。他的开场白很简单，他说这是他第一次给别人讲课，怕讲不好，大家可以互动，有什么问题都可提，包括网上的传闻问题，他的话一下子打消大家的紧张和顾虑，课堂一下子活跃起来，来自剑阁的王志勇、陈晓燕等好几位老师主动上台试唱，每唱完一首，刘大成总是微笑着，先鼓掌祝贺，然后点评，指出各自的优缺点，包括选歌、吐字、练声、气息、感情等。为了让学员有比较，他拉着学员的手，让其放松，并与学员同唱一首歌，然后分析问题所在。他的认真、耐心、真诚、平等给学员们留下了深刻的印象，而最使学员兴奋的是听刘大成现场演唱自己最喜爱的歌曲，《草原之夜》《祝酒歌》《在希望的田野上》《父亲对我说》，刘大成的歌声饱含深情、高亢浑厚、通透嘹亮，其口技表演《农家的早晨》令人叫绝，一片绿色的树叶在他口中变成一串串动听的音符，闻之犹百鸟争鸣、春意盎然。辅导结束后，刘大成欣然接受邀请，来到龙江小学的广场，为全校师生高歌一曲《母恩难忘》，情深意厚，余音袅袅，美丽的歌声打动了师生们的心，也感染了大家，久久不愿离去，纷纷与之拍照留念。

说到唱歌，刘大成情有独钟。他真诚地说：最初的音乐课都是语文老师教的，职校虽然学了点音乐，有点基础，但条件差，也没有被看好，不过自己不曾放弃，年复一年，天天听，天天唱，一天不听歌唱歌，就觉得生活很乏味，突然间听到音乐，如一种久违的声音。他说自己目前仍是一名学生，跟着歌唱家阎维文老师学唱歌。他认为，唱歌表达了一种对生活的情感，没有生活的积累，唱不出这种感觉，在台下准备的东西要比舞台上多得多。他自信地说，我是农民，但要做最好的自己，靠实力说话。有人把刘大成的成功总结为：志趣、勤奋加创新和机遇，这是恰如其分的。

最后一次见到刘大成，是在龙江小学的前大门，他来取笔记本电脑，他微笑着，热情地向我们打招呼，下一站，他要赶到郑州去，我们祝愿他，真诚地祝愿这位“草根明星”、这位农民歌手初心不忘，歌唱事业更上一层楼，把更多更好的歌曲献给热爱他的观众，献给关心支持他的父老乡亲。

“梅痴”游火清

知名书画家游火清老师是我认识多年的一位好领导、好老师，他为人坦荡，待人诚恳，乐于助人，他是四川《西南商报》的副总编、中国硬笔书法家协会会员、四川省美术家协会会员、四川省书法家协会会员、四川省新闻摄影学会会员，曾经下派到剑阁做过县委副书记，我那时做电视台记者，常跟他下乡采访，也跟他学写报刊新闻，他长于摄影，又喜书法，最后师从著名国画家邹文正老师学画，专攻梅花。梅花千姿百态，凌霜傲雪，品性高洁，其精气神为历代文人所赞赏。二十多年来，游火清老师挥毫泼墨，孜孜以求，虚心向学，不胜不休，并大有成就，先后十多次受邀在全国参展并获优秀奖与金奖，近期又准备出个人画册，我听后很高兴，相约见一面，时间就定在5月18日礼拜五，他坐班车从成都赶来，到时已经是下午一点过，我和小雍去宾馆接他，他带着一个用报纸包着的画屏，准备送给我，我心里很感动，那么远的车程是怎么带来的，我们带他在滨河路的一个小馆子里吃了一顿便饭，就赶去上班，他回宾馆休息，等我在宣传部忙完打电话找他，他已经去了剑门关。我知道，他对剑门关翠云廊最有感情，写过不少的文章，拍摄过不少的图片，为剑阁的对外宣传做了不少的工作，至今还有好多人记得他。不多时，他从剑门关赶了回来，我们开怀畅谈，在宾馆欣赏他的书法和画作。晚上的饭仍然简单，很清淡，木耳、茄子、苦瓜之类，最奢侈的也就是一份黄瓜肉片和宫保鸡丁，他说人年龄大了，喜欢吃点粗茶淡饭，我知道，他说的是真话，对“三高”者来说，关键就是要控制好饮食，特别是热量高的要少吃，可能是营养跟不上，这次他已经比上次见面消瘦多了。饭后我们一起到我家，说得最多的还是工作、友谊和艺术，他把包裹里的画拆开，是一幅装裱好的扇面梅花，很精致，题为《春到江南》，他说他近几年画的梅花已经很多了，这次精选了五十多幅出版，是邹文正老师亲自选的，一幅一幅地选，选了整整一天，他还准备在成都、上海、北京找朋友做下宣传，争取扩大影响，以实现其市场价值，他说画家一般三十年前默默无闻，三十年后才慢慢有成果，他今年才六十四岁，再画十年，刚好和邹老师差不多，他那种追求艺术的雄心壮志让人感叹，也让人仰慕。当晚，我们谈得很兴奋，又在网上搜到了他和邹老师的有关信息和绘画作品，他被书画界与新闻界称为“梅痴”，他自己也感到惊讶！最后，他还要我在网上留了言，祝女儿王景在京学习愉快，希望回成都一定到他家玩。第二天一早，我们买了张票把游火清老师送上了去成都的汽车（那时高铁还未开通），他爱人李老师不放心，还专门打电话询问他上车没有，是否安全。

老校长，你好

“老校长，你好！”每次见到他，我总这样打招呼。认识他，是我的缘分，也是我的幸运，他独特的经历，丰富的知识，深邃的思想，常常给人答疑解惑和引人思考，他是个特别有心的人、做事执着的人、热爱教育事业的人，人们说起他，往往赞叹不已，他，就是原任老年大学校长李登禄先生。

说他是个有心人，还得从新闻写作开始，在我的记忆里，他是县广播站最早的骨干通讯员之一，还在王河教民办的时候，就参加了县上在化林大队举办的新闻培训班，跟着县广播站的李金河老师学习新闻写作，在我到了县广播局从事新闻工作的时候，他仍然坚持写新闻稿，写新闻需要较强的政治敏锐性和写作能力，他二者兼备，后来他中文本科毕业，调到了县文教局搞宣传工作，我们接触得就多了，而且成了忘年交，并有幸一起参加省委宣传部在成都天回镇举办的新闻培训班。那是硕果累累的秋天，也是我最开心的三个月，更是学有所进的三个月。当时我是初学新闻者，他在学习上、生活上给了我很多关心、帮助和指导。我们一起上课，一起实习，一起学摄影，一起逛公园，一起交流心得体会，一起在天回镇寻找“豆腐西施”的老街与原型，其乐无穷。记得有一次我们一起赶公交车到春熙路，他去修120照相机，走了两家店，态度不一样，我们习以为常，而他却抓住这个线索，写出了“春熙路上两商店，一家热来一家寒”的新闻稿，登在《成都晚报》上，受到社会各界的一致好评，成了我学习新闻写作的范例，受到川报老师的赞赏，学习回来，他担起了全县教育系统的宣传工作，写出了许多有深度的好新闻。

说他是个执着的人，有两件事令我印象最深，记得是在电大任校长的时候，要搞农民教育和农村技术培训，他到广电局来了解如何下乡播放科教片的事，我劝他算了，麻烦事多，效果不一定好，但他要坚持，而且亲自带着几位老师租车拉着电视、投影到附近的乡镇村组给老百姓讲技术，哪怕后来主持老年科协工作，他仍然坚持不懈，组织专家和科技工作者到田间地头送技术搞培训，受到人民群众的欢迎。另外一件事也能说明他的执着，有一次市、县社科联搞一个“蜀道历史文化”研究课题，他是主研者，一大堆资料放在他的桌子上，不知从哪里开始，但他有自己的一套，带着有关人员沿着剑门关古蜀道去考察，把一些疑问一个个搞清楚，这份一万多字的课题研究报告，后来全文登在《广元日报》和《四川社科》杂志上，并得到了市领导的重要批示。对于“剑门关古蜀道历史文化普及”基地的工作，他不仅亲自参与，还提出了许多良好的建议，特别是对蜀道历史文化征文评选工作，他认真而谨慎，评点精确，让人心服口服。

说他是个热爱教育的人，他一生心怀坦荡，以教为乐，从小学到中学、从电大到老年大学，始终如一，不管是教学还是管理，都有自己的独到之处，就说退休后任老年大学校长吧，这可不是一个什么好岗位，没有编制，没有工资，只有很少一点运转经费，阵地已经换了几个地方，从进修校到政府食堂，从政府食堂到县委大院的平房，前后搬了几次家。现在办公教学的地方，是普安镇老城旧大礼堂，这是一块僻静的地方，也是他与几位志同道合的老同志辛勤工作的地方。在他的办公室里，说起老年大学的工作，老校长很投入、很坚强、很乐观，心底无私，快言快语。他说老年教育，不同于普通教育，教育的时间、课程和教育效果，都要根据老年人的特点和需求设置，要寓教于乐。他针对老年人普遍热爱古体诗词的现象，在老年大学开有普通班和提高班，我有幸参加学习且受益匪浅，每一讲他都会精心备课，一丝不苟，既要点名，还要布置作业，下次上课还要评改，上课之余，他还编写了《千字文》《弟子规》《百家姓》导读，出版了自己的诗集。他对老年教育情有独钟，寓教于乐，说起老年大学开展的各类教育和社会活动，他深有体会，特别是文娱活动于老年人有益，于社会更有益，弘扬社会主义核心价值观，传递社会正能量，宣传真善美，抵制假丑恶，这是他们的应尽之责，活动有时要围绕中心工作，有时要搞主题宣传，有时还要下乡演出，这是一件不好弄的事，从节目的策划、排练到演出，要花费大量的时间、人力和精力，还要“化缘”找经费。有一次，他接受了一个任务，带着老年文艺小分队到姚家乡的天字村宣传演出，天气寒冷，白霜盖地，即使烧着火也解决不了寒冷问题，就是在这样的条件下，他们仍坚持把节目演完，群众看了很感动也很心痛，事后，他与一帮老年朋友又乘班车赶回普安镇。

他就是这样一个人，对工作高度负责，一腔热血，对党的教育事业忠心耿耿，一生未变。

“你好，老校长”，我愿永远这样亲切地称呼你。

黄老师其人

认识黄老师，是缘于我们要出一本新闻的书，当时找到宣传部的领导，领导很支持，我们相约成都，在一个宾馆见了面，黄老师个子高高的，瘦瘦的，说话声音较细，是典型的知识分子。我们边吃饭边谈，主要是说字数、印张和价格的事，我的确有些不懂，王部长是内行，几下就把事定了下来，接下来就是我们进一步精选文章。

第二次见面是在川大的校园里，黄老师很忙，他刚从新都组稿回来，我们坐在树下的石桌边，把打印好的稿子送给他，他真诚地说："我抓紧把稿子看完，再把意见告诉你们，在川大出书，价格高点，其他要合适点。"我们肯定地说，就在川大出。他把两份合同交给我们带回去商量，请他吃饭，他说忙就推辞了。

过后不久，我们又一次到成都，主要是确定书的封面设计，我们一打电话，他就骑着自行车，匆匆忙忙地赶来了，那时天已经黑了，我们到了设计的地方，黄老师与设计人员一直忙了两个多小时才定了稿，我们说吃个便饭，他说：同事的父亲去世了，他得去悼念，我们只好作罢。

书出来的时候，我因工作太忙，没去成都，是办公室的孙主任去的，黄老师亲自到印刷厂点书，他给我带信说：如发现有质量问题，就打电话马上来换。他没提什么要求，只拿了几本书回去存档，出版费我们是分批付的，书我们做了培训教材。

这以后与黄老师的联系都是断断续续，不知道他的确切消息，突然有一天礼拜六的下午，接到杨老师打来的电话，说黄老师到了剑阁，我到剑阁宾馆去看他，见他仍是那么精神，他说自己已经办了退休手续，但还在留任。第二天，我们陪他到剑门关，在大雪纷飞中，黄老师游得很尽兴，我们也感到心里热热的。

村官王富民

认识他以前，只知道他是宣传部的一名普通党员干部，叫王富民，30来岁，高高的个子，很精神，言语不多，部里要下派一位同志到基层任“第一书记”，帮助挂联的柳沟镇长安村发展烤烟生产，他二话没说，就爽快地答应了，“我下去，没问题”，当时我并不知道他家庭的情况，有小孩，有老人，妻子又在上班，要下派的的确确是有一定的难处。

四月的一天，晴朗无风，我把他送到柳沟镇，与镇领导见面，谁知一听说是他下派，大家都很高兴，有说有笑，我心里还纳闷是怎么回事？原来他在这里做过文化干部，镇里村里的情况都清楚，人也很熟，开会的当天，他被党委政府分到了长安村任“第一书记”，会后他很认真地问我，“第一书记”该怎么当？如何抓工作？我告诉他，一不喧宾夺主，二要积极主动，协助村支部村委会出主意、想办法、抓发展、抓产业，踏踏实实地做几件实事。他恍然大悟，“啊”了一声，心中有了底，什么话也没再说。第一次下乡，我们是在长安村参加一个烟叶现场会，技术员现场讲解，他站得最近，生怕听漏了，给农民讲不清楚，他要了一份技术资料，在村委会的培训会上看了起来，并认真地记着笔记。这个时候，“我真的不清楚在长安村要做些什么，也不知道在农村发展烤烟有这么难”，这话是他后来亲口告诉我的。

第二次到柳沟，我在镇里没有见到他的人影，问镇里的干部，说他好久没回来了，打电话找他，他说他在长安村正忙着嘞，我赶到长安村去看他，只见炎炎烈日下，他头戴草帽，身背喷雾器正呼呼地给烟叶补水，嫩小的烟苗趴在泥土里，他心疼地说：“这两天很关键，不补水，烟苗就会死去，就前功尽弃了。”到这时，我才从另一驻村干部的口中了解到，为了完成全村230亩的烤烟任务，干部们都抓点示范，用事实说服老百姓种烟，他在长安村带头包种了8亩地，从办地到开厢，到栽苗，都是他手把手地教老百姓学技术，而且肥料，薄膜，农药的钱都是他自己垫上的。听到这些，我很感动，对眼前这个晒得黑黑的小伙子突然生发出一种敬意来，我想，要是我们的下派干部都是这种作风该有多好啊！老百姓该有多欢喜！

后来我私下里问他：“别人挂联是做做样子，你怎么来真的？就不怕担风险？就不怕吃苦？”他思考着慢慢地对我说：“风险肯定有，可你不带头，老百姓更怕，就更看不到希望，其实烧烟已是一项成熟的产业，关键是技术，有技术就能增收，老百姓就缺这个……”

说起下派吃苦的事，他实话实说：“吃苦不怕，就是不知道要吃这么大的苦。”自从到了长安村，他真正做到了“三同”，与老百姓同吃同住同劳动，即使到镇上，也只是开会，会一完就得赶回村里，有时是走路，有时坐别人的摩托，三四公里远。在抢季节栽烟的那段日子里，每天中午就是一个馒头、一瓶矿泉水，在田埂上吃，在田埂上喝，吃完喝完接着干，累得很了，就躺在烟地里睡一觉，醒了再干。几个月下来，他瘦了，黑乎乎的，真正成了一个农民，妻子见他两个月才回家，又气又心疼，不想理他，他一句“你要多理解多支持哈”，妻子又把埋怨的话咽了回去。儿子见了他，都快认不出来了，说他像个“非洲人”，他心里酸酸的，转而又呵呵地笑起来。这就是他，一个年轻的共产党员，坚强而又乐观的王富民。

第三次见到他，是我们到柳沟慰问贫困党员的时候，他住在长安村，对村里的弱势群体特别关心，他给我们报了三家，三家人都要去慰问，他告诉我说：“那些人要么是病，要么是残，要么是老，真正好吃懒做的人很少，看到他们贫困的状况，心里很酸，总想帮他们。”有一天，他路过78岁的杨碧清老人房前，见老人用个带子吊着手腕，肿得乌紫，一问才知是下楼梯时摔的，女儿不在家，儿子儿媳都在外打工，没人照看老人，他怕老人伤口感染，就跑到镇上买了40多元钱的消炎药送到老人家中，并教她怎样吃，老人感动地说：“书记呀！你这么忙，还来关心我一个老人。”说着说着掉下泪来。他安慰老人说：“这算不了什么，是应该的。”在长安村，赵天邓是比较特殊的一家，妻子出车祸留下残疾，失去了劳动能力，还欠了几万元的贷款，土地种不了，养殖又没技术，养的小鸡小猪又接二连三地死了，老邓几乎去了生活的信心。王富民了解后，多次到他家里谈心，并帮他找项目，最后自己掏钱帮他搞起了养鹅，并在网上下载了技术，教他如何打针防疫，一次、两次、三次，老邓学会了，现在他的一百多只小鹅不但成活了，而且每一只已有好几斤了，老邓终于看到了希望，脸上有了笑容，有了喜悦。他很感激王书记，而王富民却说：“帮助老百姓脱贫致富，本来就是我下派来的职责。”他说，他走到那里，就给老百姓“打气”，我问如何“打气”，他说：就是给老百姓鼓劲啊，要他们坚定信心，发展烤烟，搞养殖业，早日脱贫，早日走上富裕路。

最近一次见到王富民，是他回县上参加庆“七一”党员代表座谈会，他在会上发了言，并且受到了县领导的赞扬，他的感人事迹还被省委组织部电教中心拍成专题片，在四川电视台共产党员栏目中播出。我与他面对面，相互交流了很多，从机关到农村，从家庭到个人，从思想到作风，我感觉他变化很大，他认真地对我说：“下派到基层，他不悔，他成熟了，也成长了，现在，农村的老百姓迫切想致富，就是缺项目缺技术，他们最喜欢做实事的干部，与他们心贴心的干部。”这是他的感受，也是他的心里话。

石勇与他的金色家园

在剑门蜀道的汉阳镇，有一处叫“金色家园”的农旅公司，办得很有特色，它的主体建筑与环境都具有乡村田园风格，有一种“绿树村边合，青山郭外斜”的感觉。

走进那里，你感到既亲切又陌生，亲切的是“人民公社”的大礼堂还在，村级小学的教室还在，都是二十世纪七十年代砖木结构的房子，似曾相识，在记忆中多多少少有它的影子；陌生的是增添了许多新的设施，比如茶楼、餐饮、民宿、垂钓、运动场什么的，而这些新增的项目，多以原生态的方式呈现，四周被土地、树木、菜园包围着，院内的柳树、花草、小道、石坎、条桌、长凳、酒缸、蓑衣，应有尽有，各具形态，各有用处，随便一放，就是一处小景观，令人爽心悦目。这里的主人叫石勇，人们习惯称他“石二”，说起这个“石二”，还真有些故事。二十世纪八十年代，他在剑阁开封镇理发，开了两家店，雇了十多个人，干了很多年，积累了些资金，后来开始搞建筑，二十世纪九十年代中期，他把店开到了县城的普安镇，一边经营美发店，一边继续拓展建筑业，2017年，他已经不满足现有的事业了，另辟蹊径，从城市转向农村，搞乡村旅游服务业。他在别人的引荐下，承包了汉阳中心村空置的旧礼堂，开起了农家乐，他以诚信为本，以“剑门土鸡”与“剑门豆腐”等乡土菜为主，尤其以农家口味的“包子”出名，由于交通便利、环境优雅、菜品精致、价格实惠，受到远来近道客人的称赞，慢慢地，十里八乡的人们，把婚宴也定在这里来办。“石二”的生意越来越好，有时候，必须提前预订，要不然就排不上日期。再后来，“石二”有了更大的想法，成立了“金色家园生态农业公司”，自任总经理，他在有关部门的协调下，同当地政府与农民达成协议，流转六十多亩荒坡林地，发展种养殖业与休闲观光业，开发了民宿业，形成了吃、住、娱、游一条龙旅游服务。“石二”说：他的企业经营得不错，收入还可以，自己除解决了十多位农民工就业问题外，每年还要向村上和农户支付租金与土地流转费二十多万元，现在的政策很好，国家扶持小微企业，税收优惠，他有信心把自己的企业办得更好。

在“石二”的金色家园参观，你会真正地感受到这里的静和雅，粗中有细，淡中有味，那古朴的大院、高大的香樟树、悠闲的水车、迂回的竹廊，那弥漫的烟雾，那红红的灯笼，那整洁的会议室，那宽阔的训练场，还有那正在建设中的休闲居与垂钓池，都给人以心旷神怡的感觉。在忙碌之余，在明亮的灯光下，“石二”聊得很开心，也很自豪，问他为何眼光独到，选了这个项目与这个地方，他谦虚地笑了笑，接了一个电话，就消失在我的视野里，但他的身影却长存在我的脑海里。是啊！任何一个人，只要勤劳，只要不懈奋斗，都有一分收获，都有自己的美好与未来。

难以舍弃的情谊

他给我最初的印象，还是在鹤鸣小学读书期间，那时为了解决老百姓的孩子就近读书的问题，就在小学办了初中班，叫帽子班，主要招收鹤鸣、龙源、江石的学生。他，洪汝军，个头不高，圆圆的脸，留着一个平头，穿着很普通，但说话时总是挂着笑容，一看就是一个踏实朴素的孩子。由于是不同乡镇的人，交往也不是很密切，只知道他们几个人来自一个叫三岔河的地方，每周上学时要拿着柴背着粮到学校搭饭，后来毕业了，就断了联系，再见到他已经是在剑阁县城了。

当时我在县广电局工作，他是经过另一位同学的介绍才找到我的，通过交流，知道他为了孩子读书的问题，把农村的房子卖了，在普安城里修了好几间土墙房，住是没有问题，生活来源主要靠他在外打工，妻子在农贸市场摆了个小摊替别人缝补衣服，收入有限，四个孩子读书，两个上大学，筹学费有些困难，看我能不能想办法帮他筹点学费，我说没问题，孩子读书是大事，千方百计也要想办法支持，让她们能在求学的路上走下去。我说，你的家庭要想改变，将来还要靠那几个孩子。此后，一家人读书的读书，做小生意的做小生意。他到了江苏给别人当会计，为了节约路费，好几年春节都没有回家，偶尔我们在电话上问候一下，报个平安，再后来，他家的女孩子都争气，三个女儿大中专毕业都参加了工作，小女儿读了研在大学里教书。一家人终于结束了艰难困苦的生活，过上了幸福美满的日子。说起来，他们一家也是千百个农村家庭进城后不懈奋斗的一个缩影，得感谢这个社会、这个时代，它改变了若干家庭的命运。

不屈的人生，多年的奋斗，多年的努力，本来可以享受美好的生活了，可世事难料，他生病了，而且病得很重。最后一次见到他，他坐在轮椅上，小女儿推着他，我与他们一家一起吃了顿午餐，他头脑还清醒，只是不能说话，他用眼神与我交流，我既酸楚也十分感动，我的老同学洪汝军，赶快好起来吧，还有好多美好的日子等着我们呢！我们还可以谈心喝茶聊天，一起憧憬未来。

素描画中的故事

已经过去很长时间了，这个故事本可以被淡忘，但却始终无法从记忆里抹去，每当搬家，我总要小心翼翼地把几幅素描画框取出来，仔细端详，然后用报纸包好，带到我的新居，好好地珍藏起来。

苟升明，一位剑阁籍的年轻人，四川美术学院大学生，正当学业有成、大展才华之际，却风云不测，遇上旦夕之祸，得了尿毒症，学不能上了，画不能画了，只能住院治疗，而昂贵的治疗费用，使其一个普通家庭确难以承受，他们向家乡父老写了一封求救信。记得是在一个清晨，县城一个叫李康萍的人找到我，看电视台能不能把苟升明这封求救信播一下，救救这位大学生，在请示领导批准后，剑阁电视台当晚在新闻节目中播出了这封信，随后引起了较大反响。因为当时考上大学的人并不多，要考上美院的人就更少，更何况还是一个普通家庭的孩子。为了使广大观众更了解苟升明的情况，电视台又追踪采访，在县青少年宫找到了苟升明前期创作留下的作品，并电话采访了他的住院情况，从而在县城掀起了一波救助病危大学生的热潮，县城机关干部职工纷纷行动，见危相助，你二十，他五十，我一百，时任县长张健同志带头捐了两百元，并写了一封支持这项活动的信。电视台每天实时公布自愿捐款的情况，接受社会监督。随后又在县城新街口组织了一场现场募捐活动，许多赶场的群众都捐了款，场面十分感人。这次活动共筹得善款两万多元，并派专人送到在重庆武警医院治疗的苟升明手中，他当时精神状况较好，特地表达了对家乡人民的深深谢意。我们祝愿他战胜病魔，早日康复，重返校园。

风云变幻，世事难料，苟升明同学的病情没有出现奇迹，他还是离开了我们，离开了梦寐以求的校园，离开了关心支持他的家乡父老。事后，他的父亲苟其昌老师把治病余下的捐款退回了电视台，并成立了苟升明助学基金，一共帮助了近十位农村孩子圆了大学梦。随着经济的发展，社会的进步，时间的推移，上学治病等问题已经逐步得到解决，可在当时，却是摆在农村孩子面前的拦路虎。也许，他们，已经在天南地北过上了美满幸福的生活，但愿不要忘记那份温暖、那份动力、那份无私的爱，也伸出温暖的双手，去帮助那些需要帮助的人，让人间充满爱的阳光。

命运无常

阿燕打电话来，说她妈妈英子病重，又住进了医院，可能这次挺不过去。听到这个消息，大家都很难过，他说你把电话给英子，英子接过电话，声音很微弱，他安慰她，要好好配合医生治疗，说不定哪天病情就会好转，不久就能出院，就能回到家里休养。谁知，过后一两天，她就离开了，永远地离开了这个熟悉而又陌生的世界。

英子出生在一个普普通通的家庭里，父母是小商业工作者，在那个年代，还是有一定的地位，家里的日子也比较好过，由于她们家待人热情，又乐于助人，人缘好，很多人都成了她们家的熟客甚至朋友。英子工作积极，好学肯干，是业务上的一把好手，多次参加业务比武，都获得过嘉奖，并以此为傲；英子喜欢写字，她也爱读书，小说诗歌都读，也偶尔写点心得体会和豆腐块文章。英子的生活平淡而舒适，但随着市场经济的兴起，改革的深入，个体商业的兴起，她们家也受到了冲击，父母退休了，工资不高，儿女要上学，房子矮小破旧，在种种情况下，她毅然决定，改造临街房屋，自己买砖瓦、水泥、钢材，找人设计建造，降低了成本，节约了资金，后来又开了门市部，卖手机通信器材，并请人做维修服务，生意做得红红火火，也蛮有成就感。她是一个孝老爱亲的人，两个老人，都是她送老归山的，父亲走了后留下她母亲一个人，她服侍左右，稍有不适就请医问药，病重住院，她便守在床边，不离不弃，尽到了子女的应尽责任。对待子女，她疼爱有加，既要求严格，又小心呵护，读书、就业、成家、带孙子、打理生意，让她操碎了心，也成了她生活的主旋律。有一天，英子突然打电话，咨询有关二胎的政策，说她儿子准备再生一个，随后又说不用了。有一次，英子说她的儿子住院了，要做手术，急得哭了，好一阵才缓过来。

后来年龄渐渐大了，英子对自己的生活感到满足，但也有一丝丝遗憾，在思想观念上适应不了社会的需要，与年轻人的思想有碰撞，往往解不开心结，大家劝她不要过多操心儿女的事，放手让他们自己去工作、去生活、去做生意，尽量安排好自己的老年生活，尽量开心点，多出去参加一些活动。此话果然有效，慢慢英子参加了老年的文艺团体，唱歌跳舞，其乐融融，心情有了很大的改观，有一次，还随旅游团去了苏杭，发了几张风景图片，看来玩得蛮开心。事情过去不久，阿燕说她感冒住院了，还以为是普通的疾病，哪知已是重症。英子女儿告诉说，一家人商量要做手术，然后靶向治疗，过了一段时间，已经有所好转，回到了家乡，谁知病情陡转，竟成永别。安息吧英子！肃静的山岗上，有你的父母陪伴，有青青的松柏长随，你不会孤独。

他与杂技结缘

高高的个子，帅气，精明，能干，有志气，有胆量，这是李均鹏最初给我留下的印象。

记得是在王河镇采访的时候，听说晚上有一场演出，在旧的礼堂里举行，进门一看，已经有好多的观众坐在那里了，他们是在等着看家乡的小伙子李均鹏的演出。均鹏是一个典型的农村孩子，他不屈服于命运的安排，15岁就告别父母到外学艺，跟着师傅学了一身的杂技功夫，后来他回到家乡，准备自己带团队，可人才哪里来？他通过挑选并征求孩子们父母的同意，培训了六七个爱好杂技的孩子，苦练了几个月，就上台给乡亲们做汇报演出，当然主演还是他。他的小品、口技、魔术与杂耍，看得大家目瞪口呆，一片叫好。这就是自己的孩子，从玩泥巴到耍杂技，真不可想象。从此，他们相信了李均鹏，相信他会把自己的孩子带得有出息。后来，李均鹏带着这群孩子走南闯北，去表演、去挣钱、去见世面，雄关杂技团由此建立，他成了天经地义的团长。

李均鹏告诉我们说，他从1996年开始带队，最初是小队伍，后来有了3支队伍，各类节目最多达到一百多个，年演出计200

多场次。他们曾在杭州的宋城、西安的大唐芙蓉园、深圳的欢乐谷定点演出过，还受邀到日本、韩国、俄罗斯巡演，仅在韩国演出就达4年之久。啊！真了不起，一个山区杂技团不仅走出了四川，而且走向了海外。

我们问他为什么要回来？他说，剑阁是家乡，家乡人民有需要，他义不容辞，再说，剑门关旅游发展大有希望。随后，他在政府的支持下，改建了剑门关剧院，并留下一班人马长驻剑门关AAAAA景区表演，在节目内容上，他大胆创新，先后推出了杂技高椅《剑门魂》与杂技魔术《剑门幻影》，受到游客们的欢迎。说起他们参加央视乡村大世界《走进剑门关》演出的事，李均鹏的自豪感油然而生，他曾在四川省文化馆举办的“蜀道牵手，群出文采”活动中，获得“公共文化服务之星”的荣誉。

李均鹏不仅是一个踏实肯干的文化人，也是一个追求创新的人，更是一个待人热情的人。在剑门关剧院，每当有演出，他总是提早做好准备，从节目安排到座椅摆放，从舞台效果到安全防范，他都要认真仔细地检查，他说游客来一趟剑门关不容易，我们一定要让他们满意而归。记得有一次演出结束后，他无论如何要把我与郭子松同志留下来，说要尽地主之谊，晚上我们谈了许多，他也很高兴，从他创业初始到事业有成、从国内演出到国外演出、从旅游现状到发展前景，他有体会有经验，也有苦恼有希望，而我们看到的是一个真实的李均鹏、一个不懈奋斗的李均鹏。

李均鹏对我们说，杂技是一个吃青春饭的风险活，不培养人才，不创新节目，只会走进死胡同，杂技之花自然会凋敝，所以他特别注重培养选拔新人，关心孩子们的健康与安全，他说他不仅是师傅，更是他们的父母。是的，这话不假，记得有一次演出中，一个杂技演员出了意外，脚扭伤了，他看了看，二话没说，就立即找车子亲自送医院治疗，后来他在电话中告诉我，幸好送得及时，才不至于落下后患。

说起李均鹏，总有说不完的话题，他不幸病逝，深感痛惜，他不仅是我的采访对象，也是我一直关注的新闻人物，他是一个农民的孩子，但他又不同于一般的农民孩子，他有一个舞台的梦想、一个艺术的梦想，而且能够以顽强的毅力去实现它、拥抱它，直到成功，这是漫漫人生中一件最了不起的事。

棋后诸宸

在我的相册里，有一张珍贵的照片，让人过目不忘。在剑门关的石笋峰下，一个穿着红色运动服的姑娘，端庄稳重，面带笑容，背上背着一个当地特有的篾制背篓，显得清纯可爱、朝气勃勃。她叫诸宸，浙江温州人，1976年3月出生，别小瞧这个小姑娘，她可是鼎鼎有名的国际象棋女子特级大师与男子特级大师双料称号获得者，8岁时，诸宸就开始师从黄希文学习国际象棋，后来又得到叶荣光、徐俊等名师的指点，棋艺进步很快，引起棋坛的注目。12岁那年，她在参加罗马尼亚蒂米什瓦拉城举行的国际象棋锦标赛上夺得了12岁组女子冠军，此后，她在国际国内比赛中多次获得冠军，被称为国际象棋棋后。诸宸一边参加比赛，一边在清华大学读本科，先是学习中文，后转学工商管理，直到毕业。诸宸的父亲是一位工程师，母亲是位中学数学老师，姐姐诸震在温州城建部门工作，他的叔叔曾在广元挂职，她与姐姐是慕名来剑门关旅游的，他们走山路、爬险峰、登关楼、品豆腐，一点也不娇柔。说起剑门关的雄奇与秀美，他们赞叹不已，在剑门，他们姐妹度过了美好难忘的一天。如今，诸宸已经是两个女儿的母亲，她们一家在卡特尔工作与生活，她的丈夫也是一位国际象棋棋手，愿她们美满幸福，培养出更多更好的国际象棋棋手来。

远去的身影

他是我最好的同事，也是一位较为出色的媒体人。在剑阁广播电视台，他从职员到股长，从股长到台长助理，从助理到副台长，本应该再跨一步，不幸的是，他的身体出现了状况，并且一天不如一天，直到后来病逝，留给我们的只有他那远去的背影。

他叫王志勇，当过兵，后来转业到了石油公司，做过加油站站长与公司办公室主任，我们还一起拍摄过石油系统的专题片，后来石油系统改革，老局长把他调到了广电系统，从事电视新闻采编。志勇是一个有强烈事业心的人，对电视新闻、专题与广告的拍摄制作精益求精，从不马虎，该下乡的下乡，该加班的加班，从无怨言。他的家在绵阳，来去不方便，双方父母年事已高，都需要照顾，又要忙工作，也太难为他了，不管怎样，他都会安排得有条不紊。有一次，县上需要他到央视找他姐跃琴协调上新闻的事，他二话不说，当即电话联系，并按照要求拍好补充素材，当日启程，飞往北京，圆满地完成了任务。志勇在工作中既坚持原则，又关心下属，在电视台工作期间，他严格执行规章制度，不做违反纪律的事情，处处起到党员的先锋模范作用。他待人热情，关心同志，乐于助人，台里的同志都喜欢他，有什么话都愿意对他讲，把他当成知心的朋友对待。后来，因工作需要，我离开了广电部门，到了县委宣传部，工作接触的时间少了，但偶有联系，知道他身体有恙，就鼓励他放松心态，积极治疗，再后来，因病情加重，住进了绵阳中心医院，我坐高铁去看他，在病榻前，他的精神状况还可以，我们互相鼓励，早点好起来，都要健健康康地活着，老了好一起玩。又过了一段时间，我在外学习，突然接到噩耗，志勇走了，我一时无语，陷入了深深的哀痛之中，志勇。我的好同事、好朋友，我们永远怀念你！

长者王宗成

在普安老县城，你随时可以遇见一位头发花白的长者，虽然听力有点问题，但视力很好，老远他就在叫你，问这问那，工作呀家庭呀孩子呀，什么都问，你问他年龄，他手指头一比，九十五岁了，啊！真了不起！

王宗成老人，是一位退休教师，他豁达开朗、乐观向上，任何事情，任何时候，他都是快乐的，给人一种亲切的感觉。认识他，是在他退休以后，他当时被聘在县上写《广播电视志》，住在我的楼上。他关心党的方针政策、国家大事、社会热点，喜欢写新闻稿，点子也多，与报刊电台联系广泛，也给县台供稿。他一年在各类报刊台的用稿量多达几十条，十几年过去，他装订了几大本被刊用的稿件。他不仅自己写，还教人写，讲课培训通讯员，他把自己的写作经验无私地教给大家，他是新闻写作爱好者的老师与榜样。有一次，他了解到禾丰乡一个家庭有七位教师在教书，他约我一起下乡采访，我与他搭班车去了禾丰，在一个村小找到了王老师一家，完成采访，已经是夕阳西下的时候了，我们又搭班车回县城，他那个时候已经是六十多岁的人了。

王宗成老人不仅热爱写作，而且热心公益，乐于助人。他只要了解到谁家的孩子因贫困上不起大学，他都会千方百计地找有关部门和爱心人士给予支持与帮助，让他们完成学业，走向社会，成为有用之才。据了解，经过王宗成老人牵线搭桥并得到帮助的贫困大学生有好几位。此外，王宗成老人特别关心少年儿童的成长问题，他任县关心下一代工作委员会负责人达十年之久，十多年来，他走遍县城与部分乡镇的学校，为少先队员们讲革命传统、讲红色文化、讲家风家教、讲法律法规。他幽默风趣、通俗易懂的讲解受到家长与师生们的普遍欢迎。王宗成老师，愿你健康长寿，百年不老。

乡情是心中的海

故乡王家咀

我的故乡王家咀，虽然名字很一般，缺少文化气息，但是生我养我的地方，无论何时何地，它在我心中的分量都举足轻重。

王家咀没有较大的山，算是深丘，最高的山叫观音山，山上原有一座小的观音庙，因而得名。顺山而下，有一道长长的山梁，山梁的中断处，有两株古柏树，人们称为柏椏子。据说这两株树为王姓祖先所植，王姓远祖一族来自山西，唐朝时保主入蜀，病逝于梓潼的后亭铺，赐葬于锦屏的青虚山，他的儿子儿孙繁衍至今成为剑阁大姓。古柏树是风脉树，谁也不敢毁，有人破坏了就会遭报应，老百姓传得很神，也许，这是古往今来人们保护名木古树最有效的一种方法与措施。

柏椏子前边有一方大圆石，四周砌石，稳固牢靠，名轿子石，长辈们说，这方石头长得好看，象征着王姓人家的女子与儿媳个个都很漂亮，上得了厅堂，下得了厨房。王家咀没有河，雨水大多流进了孙家河与田家沟，饮水主要靠山泉水，天旱的时候往往要到很远的地方找水，有时还要到孙家河去挑，走上坡路，很吃力，挑一担水要花一两个小时，不小心还会栽跟斗，弄得一身灰与泥。王家咀的土地比较平旷，池塘不少，大田大地多，阳光充足，主要产水稻、玉米、小麦与油菜，遇着大旱年，吃米有点问题。包产到户前，从合作社到人民公社，王家咀与所有的村社一样，靠挣工分分粮过日子，劳力多的工分多，分的粮食就多，劳力少的工分少，分的粮食就少，有好多的家庭年年青黄不接，地里的粮食还未成熟，就割回去打了吃，生活很艰难，以致有的多子女家庭只有远走他乡，去当上门女婿。王家咀的另一件事，就是缺柴烧，由于过度垦荒与积肥，破坏了生态，柴草衰落，每家的柴山多少不均，有的家庭不得不到别人的地界上去砍柴，闹出了不少纠纷。农村包产到户后，农民的思想得到了解放，王家咀的生产生活状况有了根本地改变，一部分会做生意的先富了起来，一部分会种粮的也吃穿不愁，到外打工的也多了起来，有的甚至在城市里安了家，孩子在城里上学读书。在住房方面，王家咀原来是三套大院子，前院子、后院子、烧房头，几十户人家，两百多人，三套院子属于不同宗系的后代。

在我的记忆里，王家咀的大院子旁，都有一棵标志性的大树，黄桷树，蒙刺树，大柏树，前院子的黄桷树上还有大碗粗的一根绵脚藤，天热的时候人们会爬上去在树上歇凉，可惜被砍去烧了砖瓦，使王家咀失去了风景树。树没有了，大院子随着时代的发展，也慢慢拆散了，不少小分家另择地基修了砖瓦房，住得漂亮了，吃得也好了，有的在城里修了房或买了房，留在家里的，要么分散住，要么集中在居民点，日子过得不错。我家的老房子还在，哥嫂的房子在“5·12”大地震后，土木房也改建了砖瓦房。现在的王家咀（包括同心村在内），有水有电有汽有网，烂泥路变成了水泥路，小车可以开到家门口，村委会也旧貌变新颜。这个变化在以往不可想象。

难忘王家咀，难忘故乡，最难忘的还是那里的人与事。它留给我的印象很深很深。他们爱文化，有劳力，有技术，会种田，会设计施工，会修房建屋，会做小生意，不怕风和雨，不怕苦和累，敢于到外承包工程，敢于闯社会，敢于跑市场，虽然他们有的富裕了，有的还在脱贫攻坚的路上，有的可能还会出现新的问题与困惑，但这并不妨碍他们的积极性和创造力，并不妨碍他们追求美好生活的脚步。我相信，王家咀，这个普安镇的边缘小村社，在社会主义新农村的建设中，会大踏步前进，越来越美好。

母亲

母亲的伟大，不仅因她生了一堆儿女，而在于她如何把儿女们养大，让他们业有所成，并传承自己的勇敢坚毅、善良友爱的家风与品质。

我的母亲姓朱，叫朱秀兰，受封建社会逼迫，缠了一双小脚，她出生在闻溪乡二郎村的朱家河，离王姓婆家不太远，要爬过一座山才能到。据母亲讲，她们是两姊妹，父母亲去世早，她很小的时候，就被娘家的姑婆也是我的祖母带到了王家咀。我的祖父叫王登海，爷爷叫王青山，是远近有名的富裕家庭，母亲做了王家的童养媳，成了父亲王明通的妻子，父亲一家三姊妹，他与二伯父王明近读私塾，一直读到二十多岁，父母亲共养育了五个孩子，三女两男，爷爷在解放前就去世了，留下两个婆婆，大婆婆与父母亲一家，二伯父与小婆婆是另一家，两家共住着一个大院和一个小院。大院里还住着另外两家，院中间有公共所有的堂屋，堂屋的房梁上有花纹字迹，挂有几道匾额，屋的正上方有神龛与排位，院前有楼门，古时可防盗防匪，院子的台阶上有几根高大粗壮的马桑木柱子，显得古老气派，两院之间有一个过道，可以通行，可以遮风避雨，属明清朝的立木建筑，大院的后边有几座坟茔，其中的一座是最早的祖先，据老人们说，这里原来都是原始森林，树又大又多，还有老虎豹子什么的，后来树慢慢砍光了，只剩下小树与灌木丛了。

父母亲在这里的生活分前后三个阶段。解放以前，是大户人家，有土地有堰塘有油坊，自己种地与请雇工相结合，大婆婆很能干，耕田耙地都会，地里除了种小麦、水稻、玉米、油菜之外，还种过鸦片，母亲还在田里割过这种有毒的植物，父亲是一个游手好闲之人，抽大烟，爱打牌，常常不归家，有时会在一夜之间，把田地和家里值钱的东西全赌押给别人，后来不得已才跟着别人一起到平武、茂县挑茶包，最后在火药厂做工，20世纪50年代回到家乡。解放以后，打土豪，分田地，定成分，我们一大家共有三种成分，小婆婆是地主，二伯父一家是富农，大婆婆与我们一家是上中农，理由是土地少，这也是父亲客观上给这个家庭带来好处的地方。在后来的岁月里，父亲不在家，母亲与婆婆在风雨飘摇中撑起了这个家，春种秋收，挑水劈柴，累死累活，三个姐姐很小就去帮别人换工，并先后嫁人成家，而且都是当地较好的家庭，母亲一生最骄傲的也是这一点，她谢绝了婆婆要她改嫁的好意，没有抛弃任何一个儿女，无言无悔地留在这个家庭，把他们养大成人。

随后的情况我就清楚了，婆婆渐渐老了，不能去劳动了，家里的劳力只有母亲一人，要养几口人实在困难，即便如此，母亲还是送哥哥上了初中，先在木马中学读书，后又转到剑阁中学，初中毕业后，母亲让他跟着三姐夫学医，因当时劳动力管控很严，人员不得外出，再加之有人嫉妒，不得不回家务农、成家立业，嫂子姓魏，叫魏梅初，是一个聪明能干的人，在大集体时代，一家人挣工分，生活得紧巴巴，后来分了家，两家人和睦相处，相互关照，日子还算过得去。

改革开放后，包产到户了，农民身心自由了，读书的读书，做生意的做生意，我又捡起了书本，去复习参加中考，中专没考上，进了重点高中。读不读？学费从哪里来？都是困扰我的问题，好多人给母亲做工作，让我读高中考大学，只有读了大学才能走出农村，母亲同意了，母亲说：有文化不吃亏，装在肚子里，风也吹不着，雨也淋不着。我知道，在这同意的背后，意味着什么？意味着母亲要承受别人难以承受的痛苦与劳累，她靠养猪卖粮给我交学费，这要多大的毅力啊！高中是上了，可高考更难，当时千军万马过独木桥，录取率低之又低，不到百分之几，对于大多数农村的孩子来说，基础本来就差一些，高考的希望也就比较渺茫，当时已经可以参加社会招聘了，我有机会考聘到县广播局，做了新闻编采的合同工。到城里工作以后，家里的农活更多更繁重，又是哥嫂与姐姐们帮忙，而母亲最操心的仍然是那几亩承包地的收与种，农忙的时候我要回去抢几天，割麦栽秧，背柴运草，有时一个人在麦田里转，披星戴月，要很晚很晚才能回家，辛苦自不必说，筋骨都要累垮了。说起我的母亲，真不知从何说起，有一件事，我终生难忘。我工作以后，要拿文凭，要参加成人高考，当时考的是北京广播学院绵阳干函班新闻专业，每个月要去绵阳学习一周，最后一月要考试。当时母亲已经重病在床，儿女们都围在她身边，听她交代后事，我不敢说要去学习考试，后来是哥姐告诉她的，母亲好似点头同意，似乎在说“让他快去”，然后又昏睡过去了。我当时心里很矛盾，狠狠地责怪自己，为什么？为什么要在母亲生离死别时去考什么试？绵阳之行，自然是悲痛不已，学完考完后，我就乘车往剑阁赶，急匆匆地回家去看看母亲的坟茔，准备忏悔自己的过失。谁知刚刚走到普安城对面的大岩山，碰到家乡的人说：“你母亲好起来了。”我不相信，他们说是真的，悲喜之中，我回到城里，给母亲买了许多她爱吃的罐头，回到家，老远就喊，母亲果然在应答，我把罐头打开，送到她面前，她慢慢地喝着糖水，看着她虚弱的样子，我无声地流泪了。这就是母亲，一生难遇的好母亲。母亲是一个热忱的人，也是一个善良的人，在方圆几十里内，提起她的名字，人们可知可晓。她孝敬长辈，与公婆和睦相处，她自强自立，待人热情，只要家有余钱剩米，哪怕是油盐酱醋，她都愿意接济别人，就是饭端到灶台上，宁肯自己不吃，也要让给别人。她给无妈的孩子喂过奶水，用最珍藏的西药救过别家孩子的命，他看到邻居病倒在床，连忙叫我们去帮着请大夫。她虽然是一介女辈，却有原则性和正义感，当乡亲们受难的时候，她还悄悄地送过止痛的烟药，当有人要批斗我哥的时候，她敢于坐在身旁，不让他受到伤害。当别人要她去证明生产队一个失踪女人的案子时，她说不知道就是不知道，乱证明那是伤天害理的。就是在晚年，她依旧宽宏大量，那些鸡毛蒜皮的事从不记在心里，她教育自己的子女，做一个干净的人，做一个善良的人，做一个有文化的人。这就是我的母亲，一个平凡而伟大的母亲，一个坚强又纯粹的母亲。

小河静静流

普安镇同心村有两座山一条小河，小河蜿蜒于两山之间，它把一个村子分成了两半，一边姓孙，一边姓王，所以人们习惯叫它孙家河，我的大姐与二姐很久以前都嫁给了这里的两兄弟，孙家是个大户人家，大姐夫叫孙继文，参加过抗美援朝、教过书，后回家务农。二姐夫叫孙继汉，大炼钢铁时做财务人员，后回村做了生产队的会计。

大姐家有5个孩子，二姐家有6个孩子，算是人丁兴旺，家业发达。最初的时候，两家关系非常好，是好姐妹，也是好兄弟，有事相互帮衬、相互理解，日子过得舒心。此后，随着社会的发展，包产到户的推行，孩子慢慢地长大，邻居间为些小事有了隔阂，姐妹兄弟缺少了沟通与理解，好在亲戚间的联系从未断过。我们一家与大姐二姐家离得比较近，一袋烟的工夫就能到，有时站在山上也能喊答应。我们家不管有什么事，无论是修房理屋，还是耕种收割，都乐意帮忙做，从不计较，也从不叫苦叫累。父母亲年迈的时候，他们也经常去照顾。我们只要到了孙家河，两家都要去走一走、看一看，问候一下姐夫姐姐们，没有谁亲谁疏的问题。后来，我到了县城工作，到他们家的时间就少了，即便如此，每一年的春节还是要抽时间去走一趟，但随着姐夫们年龄的增大与疾病的侵扰，都先后离开了这个世界，只有大姐二姐还平平静静地活着，她们儿女孙子重孙一大堆，享受着天伦之乐。在享受中，他们也有忙不完的事、做不完的活，既要带孙子，又要忙家务活，她们不想吃闲饭，只要力所能及，都忙个不停，儿孙们有的在街上置有房产，接她们去住，住不了几天，她们又吵着要回去，只有回到自己的老屋，她们才觉得习惯、觉得自由、觉得放松。记得是2019年春节的时候，我到孙家河去看望大姐与二姐，二姐已经80多岁了，精神尚好，没有什么大的病痛，在房前的晒坝里，她拉着我的手，说了很久的话，我要她不要操心儿女们的事，多保重身体，争取多活些年，要与大姐和好，姊妹都老了，要相互照顾，她笑着说好，不要操心她。离别之时，我很担心她一人在家会发生什么问题，果不其然，到了4月24日，我接到外侄孙维从乐山打来的电话，说他母亲去世了。我一时无言，悲痛欲绝，与妻李晓明急忙赶到孙家河，二姐已经躺在冰冷的睡席上，无声无息了。儿子儿孙们有的正往家赶，有的忙着与亲戚邻居清理棺木，一片哭泣声，我也心如刀绞，眼泪止不住哗哗地流。在晚间的时候，大姐在儿女的搀扶下，来到了二姐的灵前，默默地送二姐最后一程，她后来告诉我，在我春节看过之后，二姐曾经找过她，两姊妹要和好，而且要大姐把她后事管好。也许，这是她们俩姊妹最后说的话，也许，在冥冥之中，二姐也知道她的生命的终点了。时间很快就过了一年，二姐的周年忌日到了，一帮儿女从四面八方赶来，把思念化作纸钱，烧在二姐的坟前，愿她在天之灵能得到安慰。二姐走了，大姐也老了，已经视物不清，老远走来，她也不知是谁，但她头脑清醒、说话明白，依旧是原来那样热情和知礼。2020年的春节前，我们夫妇专门去看望她，她住在原来的老房子里，老幺孙永与女儿女婿都在，她见了我们，很亲切，又是煮饭，又是烧火，大家围坐在火堆旁，有说不完的话。大姐已经快90岁了，老幺打工一走，一个人总是不安全，老大孙剑把她接到河对面新修的房子里居住，多少有个照顾，这是最好不过的了，也让我这个弟弟放心一点。

初夏时节，我又一次来到了孙家河，站在麻柳青青的小河边，望着清亮亮的流水，想起成长过程中的许多事，顿生感慨，人生是多么无常啊！岁月飞逝，姊妹难得，无论何时何地，哪怕就是有怨言、有争议、有不理解，姊妹情都是最重要的，也是最难以忘怀的。

响水人家

响水沟是田家乡的一个小地方，因村边有一小溪，长年水流不断，并发出哗哗声响，响水沟故而得名。这里有一个中医世家姓魏，家庭富裕，方圆百里都有名，谁都想与之成为儿女亲家。

我的三姐有幸嫁到魏家，姐夫魏译是医生，20世纪50年代，到北庙乡医院做了院长，一干就是几十年，他在爱国卫生运动方面做出了显著成效，北庙出了名，剑阁也跃进了绵阳地区的先进行列。他的工作虽然普通，但工作很忙，家庭是当时典型的半边户，既要工作又要照顾家庭，实难两全，家里的一切都留给三姐打理，三姐有5个孩子，三男二女，负担较重，三姐既要挣工分，又要照顾孩子，姐夫的工资全部结余下来补贴家用和供孩子读书。当时他们家虽然住的是楼房，但要满足孩子结婚所需，还是有一定的困难。他们先后修几次房，用光了所有的积蓄，终于让三个儿子住有所居。三姐是一个性格倔强的人，做事风风火火，好多男子都比不上，但对父母、对兄弟姐妹、对儿女孙子都很好。

后来，随着农村经济体制的改革，三姐夫回到田家医院继续当院长，可当时乡镇卫生院的状况是自收自支的事业单位，经费较为困难。在上级有关部门的支持下当地重新改造了乡医院，面貌焕然一新。本来，他之前是可以提前退休，选一个孩子顶岗的，但因政策变化，失之交臂，成为他最终的遗憾。这事过去就过去了，可天有不测风云，他生病了，到绵阳、成都检查，确诊后要做手术，没有办法，只得找我在农行通过关系给他贷款，款贷到后，手术是在川医做的，三姐在川医护理了几个月，好转了才回家的。回家过了两三年，病情突然陡转直下，他被送进县医院做最后的治疗。记得是在病情最严重的时候，他要求回家，我找了一个老乡的车，把他送回田家乡医院，回城的时候，车在雷达站坏了，老乡到雷达站求救，我在那里看车，一直到晚上的十一二点才把车拖回普安。没过多久，姐夫就走到了生命的尽头。追悼会那天，天下着雨，路上满是泥泞。我与龙泉区分管文卫的领导、医院的同事和亲朋好友送别了他，送他到了一个远离忧伤、远离痛苦的地方，哀哉！我的三姐夫。说起姐夫的好，人们最佩服他的良好的医术和待人的热诚，虽然学的中医，但后来又学了西医，中西医结合，在治病救人上是很有效的，不管他走到哪里，总有人相信他，要找他治病，有时围的人很多，他要看完才收诊，以至饭菜都凉了，他吃得很简单，一碗白米饭，一碟咸菜，就是一餐。在我的印象中，他有一件事传得很远，那是在县城开会的时候，县医院有一个急救病人，急需输血，又找不到需要的血型，于是就在大会上动员献血，结果经检验，他的血型符合，他毫不犹豫地献出自己的鲜血，抢救了一位陌生的同志，这就是他的医德和仁心。三姐夫对我们也是关爱有加，最初时哥准备跟他学医，后母亲要我也跟他学医，因多种原因未能成功，但他对我们的关心与教导永远铭记在心。为了我能继续求学，他亲自带我到县城去咨询，读不读书的问题，得到肯定的回答后，他坚决鼓励我继续读书，后又到田家信用社帮我贷款交学费，使我得以复读。在我工作期间，母亲病重，他又给母亲做工作，要我准时到绵阳参加学习考试，母亲留给他们照管，这是一种什么样的情怀啊！如果没有他的支持，没有一大家人彼此照顾的关心，无论如何，也成就不了我的今天。三姐夫魏译走了，一个人们的好医生走了，走了已经很多年了，他的儿女都已成人，有的已经当了爷爷奶奶，三姐身体依然健朗，跟着老幺魏强文生活，有时还要进城里耍一段时间，我衷心祝愿她健康长寿，老来开心快乐！

二姐来了

星期天早饭后，我们正在看电视，突然有人敲门，妻子开门一看，才知是二姐，她提着给我们买的鸭蛋，七十多岁的人了，还爬上六楼来看我们，我们心里热乎乎的，道是姐妹家，没有什么客气的。二姐坐下来，妻子给她端上了蜂蜜水，二姐说，她不太敢喝，胸板有点胀，平时喜欢出去走走，外面的空气新鲜，走一下人要精神点。我们说，老年人多运动对身体有好处。她说，前两天不小心，走路摔了一跤。我们叮嘱她走路一定要小心，我们还说起了其他的事情，问了大姐和三姐的情况。大姐三姐都已经七八十的人了，她们一个比一个大几岁，每个人的命运又几乎相同，儿孙满堂，丈夫早去，孤独生活。大姐二姐嫁了同一个院子的两兄弟，虽说有个照应，但麻烦的事不少，到了老年的大姐二姐反而不和了，实在是难以理解的一件事，有时劝劝，也起不了作用，只好听之任之，任其自然了。

二姐还与我们摆谈了许多关于婆婆和妈妈的事，她说婆婆是八十三岁去世的，去世的当天下午，还在帮助哥嫂剔红苕叶，晚饭没有吃就睡了，没经历疼痛，上半夜便安然去世了。妈妈七十三岁的时候得了一场大病，人已经放到堂屋里了，已经在办后事了，可又奇迹般地活转来了，我当时在绵阳学习，回剑阁正买了纸炮往家赶，走到大岩山，有人告诉我说：你妈妈好了。我不相信，怎么可能呢，走时不是已经不行了吗，咋又好了呢？等我回家一看，真的好转了，我又惊又喜，与妈妈有说有笑，我下定决心，一定要让妈妈好好过晚年。

后来我毕业了，招了干，解决了户口问题，工作也从广电调到了企业局，可妈妈却离我而去了，我记不清是谁来给我说的信，我听到噩耗以后，头脑里一片空白，心里十分悲痛，我忙着去西街给妈妈放遗像，晚上给妈妈写悼词，因王家咀家里没干柴，又到赵家山岳父家去拉了两车干柴，家里的事主要由哥姐们帮忙办，出殡那天，天下着雨，路很烂很滑，我们含着悲痛把妈妈送到老坟林，让她到另一个世界去安息。

妈妈去世已经二十多年了，我们非常怀念她，二姐说：她还经常梦见婆婆和妈妈。婆婆和妈妈都是了不起的女性，她们经过了晚清、中华民国和中华人民共和国三个朝代，她们都为王氏家族的生存和繁衍做出了贡献。二姐和我们摆完了龙门阵，起身离开，看到她离去的背影，我们有些感动，这也许就是亲情，见与不见，都是心血相连，老了走在一起，讲一讲，说一说，共同重温那些心灵深处的记忆，让时光不老，让岁月长存。

我的哥嫂

哥嫂一家住在普安镇同心村的王家咀，原属鹤鸣乡，与田家乡接壤，几十年来，他们以农为生，兼做一些小生意，日子先苦后甜，从能解决温饱到过上了中等生活。

哥叫王锡勋，20世纪60年代从剑阁中学毕业，是当时农村少有的文化人，他的理想是跟三姐夫魏译学医，做一名赤脚医生，为当地老百姓看病。由于当时农村年轻人的出路掌握在生产队与大队干部的手里，你要学什么做什么，若他们不同意，根本不可能实现，哥已经学医并在大队当赤脚医生了，但后被生产队硬弄回去搞生产。嫂子姓魏，叫魏梅初，嫁给我哥时，还是生产队挣工分的时代，当时我们一家四口人，母亲与我加哥嫂，后添了侄儿王义坤和侄女王春蓉，先是一家，后分为两家。包产到户后，哥嫂一家主要是种地过日子，猪养得不错，加之赶转转场做小本生意，一年下来除吃穿用外，还能存点钱。

记得在做饲料生意时，他往往要在田家、柏垭、闻溪几个地方去摆摊，他有诚信，老百姓都愿意买他的货。寒来暑往，忍饥挨饿，买饲料收现钱的很少，大多数是赊账，为了收账，他一出去就是十几天不回，家里人很担心，怕出什么事故，好在没过多久，他又安全地回来了，欠账也收回来了，他很有成就感。为了抚养两个孩子，让他们好好读书，哥嫂也是尽力而为，可惜义坤只读到高中，到河南郑州他嬢嬢处打工，后回家乡在广电网络公司做技术工。春蓉初中未毕业，就辍学回家做事，中途还帮我们带过小女王景，到北京做过家政服务员，后在郑州的上街安了家，哥对此不是很乐意，觉得太远，但又没办法，女大不由人。在农业生产上，哥嫂懂得比较多，水稻、小麦、玉米、油菜，是常种之物。他们精耕细作，多施农家肥，耕种收割常常是两头不见天，累得伸不直腰。嫂子身体不好，不能做重活，家里的主要劳力就哥一人，还要帮我们家抢收抢种，劳动强度之大，可想而知。在改造住房条件上，哥嫂也是费尽了心思。在农村允许建房屋时，他们在离老屋不远的地方建立了几大间土墙房，请人、背土、筑墙，锯树、上梁、盖瓦，没日没夜地干，不过由于儿子在外，没有搬去住。2008年“5·12”地震后，农村危房重建，国家补助20000元，哥嫂拆了老屋，建了一处一楼一底的小砖房。谁知这时哥已重病在身，一个黑色的肿块长在手腕上，在县人民医院手术后，托人到广元医院做组织活解，结论是黑色素恶性肿瘤，而且已经转移。有一天，我在下寺上班，抽时间回到老城，晚上到县医院去看他，天气很热，病人很多，住的是大房间，他已经很虚弱，说话没有多少力气，看着哥这样我心里很难受，就去街上给他买了一把纸扇，给他扇扇凉风，让他好受点，他一再催我回家休息。病情严重后，他回到老家，女儿从郑州回来护理他，没过多久，哥走了，带着劳累的一生走了，他还来不及享儿女带给他的福分、带给他的快乐，哥的一生真是苦命的一生。办完后事，回到单位，我的心绪久久难以平静，想起他与母亲及我相依为命的日子，想起他忙耕忙种不辞辛苦的身影，想起他为支持我读书给我送柴送粮的情景，想起他为了勤劳致富自强不息的事迹，总让人唏嘘不已。我与哥嫂一家血肉相连，我从读书到广电局参加工作，母亲田地里的收种，全靠他们，母亲年老多病，也是他们照顾，虽然好多事情确很难办，但兄弟之间从未相互埋怨过，更不说争吵，当然，我对他们的子女，能帮的尽力帮，能关心的尽量关心，只是未能完全如愿，侄儿的工作在企业里，侄女远在他乡，难以照管。亲情所在，一生不悔，愿下一生我们还做兄弟，还是一家人。

女儿追梦

读书与工作，对每个人来说，既是安家立命之手段，也来之不易，它需要经过严格的选拔与激烈竞争方能胜出，而胜出者，酸甜苦辣麻五味尝尽，令人一生难忘，不仅对其本人，也包括他们的父母。

2011年，小女幸运地考上了211高校北京林业大学，没有读到最理想的专业，只得选择学心理学，林大的心理学专业，在全国排名中处于中偏上。不过，对女孩来说，也是可以接受的。最初，她心里不是很平衡，后来慢慢地稳定了。女儿读书，心无旁骛，刻苦认真，通过四年的努力，成绩一直在班上名列前茅，当过班干部，拿过奖学金，干过志愿者，受到老师与同学们的一致好评。不过，由于年龄小一点，在社团工作中缺乏经验，也吃过不少亏，一度有些小情绪。后来，到了大三的时候，她告诉父母，不想当班干部了，要集中精力学习，准备考研究生，她不愿走保送推荐之路，要凭自己的本事去考，估计是保送名额少，竞争激烈，怕自己上不了，父母答应了她的请求，一切按照自己的意愿去做。

本科毕业之前，准备跨专业考研，以弥补第一次选择专业的遗憾，但难度较大，为提高保险系数，还得考原专业，至于换专业的事，只能放到一边。在填报学校之前，考虑的问题比较多，首先是能不能考上的问题，有的学校是优先招收本校生，有名额了还可调剂其他专业的学生，剩下的才对外招收，很显然，这对校外生是不利的。其次是所填学校有没有你所填报的专业。最后是学校远近的问题，选远了，又要离开北京，选近了，要求高，自己又不一定考得上。2015年的12月，统考之后，分数超过国家线好几十分，几经权衡之后，女儿填报了中科院的心理研究所，心理所的专业是数一数二的，她学的是应用心理学，面试以后，觉得没有什么问题，可过了两周，不见回音，又无从打听录取的情况。谁知，到了最后才通知，由于报考人多录不上了，考生可自行调剂，听到这个消息，女儿在电话中泣不成声，父母在遥远的家乡也十分难过，好在最初按照有关要求，填有调剂表，而调剂，又要重新过关。这时，天津师范大学与首都医科大学都与她取得了联系，需要马上赶去考试。鉴于她心情大起大落，父母建议就近去考，于是选择了首都医科大，首医调剂是有条件的，必须是国家211学校毕业，总分与英语单科需超30分以上。在首医严格的笔试与面试中，女儿以比较优秀的成绩，终被录取，成了首医一名应用心理学的研究生。

生活在北京，生活在美丽的校园，是一件开心和愉快的事，经济压力也不大，有奖学金与生活费，只需好好学习就行了，但是，读研毕竟与本科不同，要求学生高度自觉，三年的研究生学习，对国内学生来说，是有点漫长，而对那些在外留学人员，一年多就毕业了，就回国找工作了。当然，读书对女儿是不成问题的，前半部分的学习与实习还算轻松，最让她难以忘怀的是到贵州从江的实习，不但了解了少数民族的风土人情，而且为山区的老师传授了新的知识，同时深入到贫困农户家中看望了生病的孩子，收获满满，全是正能量。可到了后半部分，论文给她带来了不少苦恼。首先是选题问题，大了写不了，论不清楚，小了又达不到要求，而且不能与同学同一个研究方向。其次是要调研。要设计若干个问题，要深入医院、社区做大量的问卷调查，然后进行分析统计，得出结论。再就是要进行几次答辩，组织专家教授进行评审，看能否过关，这个环节是最难的，影响的因素也比较多，临场发挥与阐释，研究的针对性、理论性等。两篇小论文，一篇大论文，都必须在国家认可的专业权威杂志上发表，这是对研究生最基本的要求。学生是主体，导师也很关键，弄好了一次过关，弄不好从头再来。女儿幸好遇到了一位好导师，循循善诱，悉心教导，帮她选论题、改论文，一次次，一遍遍，不厌其烦，直到答辩成功。2018年，女儿从首医圆满毕业，这是我们家庭的喜事与大事，应该好好感谢余教授。

研究生毕业，找工作成了比较迫切的问题，到哪里找工作？找什么样的工作？到大城市还是小城市？是走市场招聘还是考公务员？最终，女儿决定考公务员，考公要求高，户籍问题、专业问题、工作经历问题、政治身份问题，选来选去，能够填报的岗位少之又少，不免让人有些灰心。女儿先是参加国考，报的是天津海关，招收两名学应用心理学的研究生，国考的分数过了，但岗位分数提高了，因为两个岗位有一千多人报名参考。随后，女儿又参加了北京市的考试，报的是海淀区教育局老干处的一个岗位，总共有上百人报名，竞争依然激烈，准备放弃时，又觉得机会来之不易，最后选择调剂到西城区的大栅栏街道办，做了一名行政执法干部。对于这份来之不易的工作，女儿很有微词，觉得不适宜，也不太光鲜，专业不对口，再加之劳动强度大，工作辛苦，提不起来情绪，还有高房价、高成本，令她压力倍增，后来通过培训，通过学习与实践，慢慢地适应了，转变了认识，觉得西城处于中心位置，交通方便、信息云集、文化深厚、政策公平，是一个干事的好地方，再说，在当下的中国，在激烈的社会竞争中，有哪一份工作不吃苦、不受劳累、不流汗，就轻轻松松、简简单单地拿到工资与奖金？当然，在基层工作中，在日常生活里，也会遇到许多新情况新问题，我们相信，女儿一定会融入她所工作的城市，融入她的朋友与同事，融入到人民群众中去，只有融入了，才能成为有源之水、有本之木，不管干什么工作，不管在什么岗位，才能过得自信与舒心。但愿如此，我们父母也就放心了。

岳父岳母

小剑乡二龙村的赵家山，是一个山清水秀的地方，物产丰富，森林资源富足，除了良田肥地种粮养畜外，木炭、药材、木耳、食用菌、野猪、山鸡，什么都有，是天然的放牧场和狩猎场，再加之老百姓的勤劳朴实，生活自然是宁静而舒心、忙碌而充实。

第一次到赵家山，见到岳父岳母一家人，心里还有点不安，待了一会儿，也就习惯了，与我生活的环境一样，山村小院，青瓦土墙，厨房睡房，方桌子，大板凳，样样俱全，熟悉而又陌生，简单干净，给人一种温暖的感觉。可能是第一次见面的缘故。我开玩笑地说：这里除了山，就是青杠林，没有大田大地，看起来很贫瘠，后来证明我所见到的只是表象，实际上这里的人不种地，光卖炭卖木耳就能过上不错的日子。

岳父李茂凡本是鹤龄太平人，年幼时被抱养到樵店乡的亲戚李家，后立志读书，考入当时的剑阁师范学校，毕业后分配到小剑小学教书，认识岳母赵珍英以后，就在赵家山安了家。岳父岳母养有三男一女，老大就是我的爱人李晓明，其次是大东、大凯与大鹏，他们家在当时农村是典型的半边户，说好点是有人在外工作，说差点就是家里劳动力少，挣的工分少，劳动日少，分的粮食少，这样的家庭十有八九比较拮据。好在岳父岳母勤劳节俭，才使四个儿女有穿有吃，岳父教书也辗转了不少的地方，先在小剑、北庙，后在普安一小、县教育局，最后在卧龙小学退休。岳父非常重视孩子的教育，在城里工作期间，他把孩子接到城里上了最好的普安一小，给他们打基础，后来有两个上了师范学校，找到了一份好的工作，一个大学毕业，在成都安家立业，另一个自主创业，卓有成效。

岳父是一个有长远眼光的人，在改革开放时，鼓励农民进城建房，他就在普安的闻溪路买了一块地基，修了几间土墙木楼房，让一家人在城里有个落脚点。说起建房之过程，岳父岳母可以说是吃尽了苦头，人要请，墙要打，树要拉，椽要锯，常常是小剑与普安两头跑，而且资金缺乏，内欠外贷，才勉强建起，可想而知，在当时要在城里建房是多么困难啊！后来又几经完善，建了厨房、院坝与厕所，一家人吃有地方、住有所居，生活安定下来了，他们又不得不考虑一帮儿女的成家问题，这也是每一位做父母的必须操心的大事，从恋爱到结婚，一一安排妥当，才能放心过日子，可到那时，人已经在岁月的消磨中，早生华发了。

岳父在退休后，好像有所失落，由于他热心公益，群众基础又好，当了一届城北卧龙社区居委会主任，之后又高票当选，一干就是好几年。2008年“5·12”地震中，为了所辖区内居民的救灾、安置、分配、重建等工作，他日夜操劳，走家串户，了解群众所需所想，力求做到公平公正。有一天晚上，吃过晚饭以后，他接到一个电话，匆匆出门，去一家核实救灾情况，在县食品厂后大门处跌进了深深的大水沟里，头破血流，危在旦夕，后被好心人发现，把他背了上来，呼喊其儿女将他送到县人民医院，医生见脑内出血，不敢贸然医治，叫赶快往广元三医院转，当时正值抗震救灾关键时候，接到妻子的电话，夜里连忙赶往广元，天又下雨，到处是帐篷，找不到主治医生，后在一个帐篷口挂了诊，好久才等来了专家，专家看后说是颅内大出血，已经没救了，做了手术后可能成植物人，做不做由家属决定。无论怎么样，也要试一试，万一成功了最好，不成功也尽儿女一片孝心。手术进行了两个多小时才结束，人推出来了，又被紧急地送进了重症监护室，重症室里，儿女们匆匆看了几眼，就退了出来。望着躺在病床上的岳父，望着漆黑的夜空，我们只有祈祷，愿老人家能像上一次跌倒了一样，顽强地挺过来，但这一次太严重了，没有生还的希望。过了一两天，他已经没有任何生命体征，被宣布死亡。县委组织部的夏思法部长、普安镇的何波涛书记赶到广元医院，商量有关后事，他是抗震救灾中因公牺牲的第一位共产党员，在县殡仪馆给他开了追悼会，岳父是退休教师，退休后进入社区工作，他是通过选举程序上去的，因认定后来还找了些麻烦，这可能就是一个问题的复杂性吧！好在政策实事求是，一家儿女讲道理，在整个抢救和安葬中，没去镇上报一分钱，后来岳母的抚养费落实了，岳父被追授为省优秀共产党员。

岳父去世后，岳母悲伤而孤独地度日，身体多病，常年吃药，好多次被儿女们送到剑阁与成都住院治疗，加之地震后的房子别人都重新修建了，唯独自已住的房子还裂着口，她一天心事重重，唉声叹气，责怪儿女们不上心。房子怎么修？钱该如何筹？规划设计怎么样？都是十分现实的问题，最初的方案是几姊妹共同筹资建设，依旧压力太大，后选择走商业的路子，由老二大凯贷款修建，建好还几姊妹一人一套房子，剩余的由投资者自卖，是亏是盈一律自己承担。正是这样，选择好的机制与路径，才解决了棘手的修房问题。通过前后两年多的努力，老二不负众望，终于在原来父母起底的基础上，建起了一座牢固结实的楼房，各取所得，乐而居之，至此，年迈的岳母身体渐渐地好了，精神也好多了，她常在房前走来走去，再也不问咋不修房的事情了。岳父岳母的一生，虽然生活艰辛，但也美满快乐，虽然偶有怨气，也能相互理解。对儿女来说，他们是好父母，对孙辈来说，他们是好爷爷好奶奶，他们虽然普通，但在儿孙们的心里，他们的形象是高大的，也是永恒的。

老表

老表，是湖南人对江西人的称呼，也是江西人对同乡的泛称，表示亲切的意思，可在四川人口中，是表兄表妹之间的特指，习惯性叫法是“某表哥”，以示尊重与感情的亲近。

在我的生活里，有一个叫魏康的表哥，印象非常深刻，对我也特别好，在相当长的时间里，我与他有很多的交往。最初听人说起他的时候，还比较神往，说他当过土改时期的工作队长，身上背着手枪，后来分配到了粮食系统工作直到退休。他住在县城钟鼓楼的西街，是一处三层小木楼，下边是鼓楼饭店，顺着楼梯上二楼是厨房，厨房外是城墙，三楼是住房，前边有两道窗户，通过窗户可以把街上的情况看得清清楚楚。记得小时候，我随三姐夫魏译到过他们家里，当时三姐夫在北庙医院工作，下城开会和回家都要到他们家去坐坐，那时表哥还在江口粮站工作，表嫂带孩子在针织厂工作，家里还算过得去。表嫂姓孙，成都人，是孙家老太爷的养女，据说孙老太爷原在国民党部队当兵，后随军起义到了共产党的部队，解放后回到老家剑阁，落实政策后享有补助。表哥一家人长期住在这里，后来不幸发生的火灾殃及他们家，房子烧了一大半，他们只得搬到二楼暂住，本想恢复后再住进去，却因公私合营时期的权属问题，他们争不过来，只得搬走，对这件事，表哥心里一直放不下。是啊！一个住了几十年的房子，怎么说收就收了呢？不说是主人，就是任何人，也不情愿搬走，在这里，他不仅熟悉，而且有感情，它曾经是大家进城的落脚点，给人留下了难以忘怀的记忆，喝过茶、聚过餐、谈过事、讨论过问题。记得有一年中考的时候，我还在这里住过几晚上。后来，表哥一家搬到了西街粮站的旧楼宿舍里去住了，而每次经过他们家原来的住处，总有些不舍，常常要多望几眼。

我与表哥的交往，说来话长，有一次，我在剑阁中学读书，需要换粮票，就去龙泉粮站找他，他二话不说，就帮忙换了票，那个时候粮票是最不好换的。后来，我到了广电局工作，与他接触的时间就多了，有一年的三月，他与粮站站长何绍洲背着米面送到军烈属家里，我很感动，写了一篇广播稿在电台播出，他们的行动受到社会的好评。此后，我遇着难事就爱去找他，他有什么事也爱找我，打个电话就会赶过去。他对下一辈的孩子特别关心，经常给予关心与鼓励。

表哥是一个认真的人，也是一个健谈的人，更是一个爱学习的人。到他那里，总有说不完的新闻，讲不完的故事。他对国家大事特别关心，从国内到国际，都能说个八九不离十。退休以后，他还去上了老年大学，他做的笔记中规中矩，没有一点马虎，字迹清秀，十分漂亮，一般人很难做到。他本可好好地享受自己的老年生活，可天有不测风云，在一次活动中，他跌伤了腿，做了手术，术后只能在家里活动，儿女们很孝顺，专门为他雇了保姆，使他的日常起居有保障，他就这样平平静静度过了好几年。后来病情加重以后，家人又把他送到广元康养医院治疗，那时他已经不认识人了，在医院待了一年多，他便与世长辞了，听到这个噩耗，我们赶到殡仪馆去看他，他睡得是那样安详、那样平静、那样了无牵挂，“表哥，你走好！”我在心里默默地祈祷，为一个尊敬的老人，为一个可贵的生命。

乡村好伙伴

在我出生的地方，有一群，从小就在一起玩的小伙伴，长大后，各自成家，有的外出务工，有的在家务农，有的走上了工作岗位，生活的状态各不相同，但那份感情依然烙在心里，永远也不会抹去。

大集体的时候，我们生产队有三套大院子，有三四十户人家，一两百人，年龄相差不大的伙伴有八九个，在一个学校读书，天晴下雨一路来一路去，有时下大雨，怕把书淋湿了，就放在一个人的书篼里，书篼是篾编的，上面压着一个小木板，用绳子一系，就不会掉下来。小学毕业后，有的就没有再读书了，只有几个人上了初中，上高中、中专或大专的就微乎其微了。当时是集体生产，许多孩子早早就回家放牛割草挣工分了，加之大家普遍的认识是再读多少书也要回农村，不如早点回家帮忙。

我有一个叫财的小伙伴，初中与我同班，学习也不错，他家有三弟兄，老大很早就在家务农，老二后来没有读了，只有他在读，初中毕业后，我们在生产队一起放牛、一起摘棉花，他很想走出去，在生产队做过宣传员、办过板报，在房前屋后用石灰写过标语，后来结了婚，有了两个孩子。改革开放后，他到亲戚承包的砖瓦厂帮忙搞销售和管理，走上了富裕的道路。会住在我家的后院，他也是初中没读就回家劳动，后学了一个打石头的手艺，常常与队里有劳力的人到外承包扎堡坎的活，解决家里生活所需，好在他把自己的儿子送出去了，做了医生，成了县中医院的“一把刀”。我与小伙伴连住在同一个院子，算是门对门，小的时候我们常常一起做游戏，后来还相邀一起到周围的山沟河谷挖过一种叫麦冬的药材，早出晚归，收获满满，晒干后拿到县土产公司去卖，可卖几元到十几元，以供家庭柴米油盐之用。他初中毕业，包产到户后，就在市场上学做生意，赶场转场，赚差价钱，据说生意还不错，后来女儿女婿到外打工，挣了一些钱回来，他们家是生产队最早修砖房的农户之一。我的邻居叫远，他本是另一个院子的人，后过继给徐婆婆做孙儿，照顾老来生活，他要大我几岁，那时生产队要建立团小组，他是组织者，常带我们搞活动，他后来结了婚，随着女方去了闻溪乡，家里的老房子仍然在，一般很难见到他，据说老来生活过得还不错。在我们队里，有一个年龄稍小我几岁的伙伴叫生，他后来上了高中，毕业后回到农村，当了二十多年的村主任与村支书，同心村工作不太好搞，两山一河，自然条件差，经济发展困难，他与村干部一起改变了村里的水电路汽，特别是在脱贫攻坚中，使老百姓的住居得到了较大的改善，可以说是旧貌变新颜。说到小时候的小伙伴，不仅是本队，相邻的队里也有，同班读书的也有，康是我的初中同学，毕业后回到生产队，做了同心村的支部书记，搞了很多年，后来一家人到外做生意，最后回到了新县城，在一家房地产公司工作，偶尔我们还可以碰上一面。英家里姊妹多，她的幺爸是飞行员，是父老乡亲的骄傲，她最早在鹤鸣乡工作，后来进了县城，她是做村镇规划建设的，受人尊重。我们关系很好，相互鼓励与支持，特别是对子女的教育方面，有不少的交流。与其他人相比，海要幸运得多，他父亲是教师，给他提供了良好的成长空间，他参了军，转业到了县检察院，成了一名办案的专业人才，获得过不少荣誉，退休后去了北京女儿家。槐是同心一组人，父亲是供销社主任，他考的是绵阳水电校，毕业后回剑阁在水电局工作，是位高级工程师，初中毕业后，他还组织我们参加过村上的宣传队，晚上到农民的院坝里表演过。同心村在外工作的人员不多，上一辈的只有几位，同辈和下一辈的也不是很多，这还是重不重视读书与培养的问题。

说了村里的，再说说村外的，泽是风光村人，林是太平村人，清与先是鹤鸣村人，他们是我中心校的年级同学，他们都是通过自身努力，先后都进了县城，有的在教书，有的在机关工作，有的做过领导，有的成了书法家，各展其能，各扬所长，成了相关行业的佼佼者。他们的家庭美满，儿孙绕膝，过着幸福的晚年生活。

温暖的短信

女儿在北京林大读书，她发来了两条信息，我至今保存在手机里，舍不得删除，我要用它来随时提醒我、激励我，使我从换届的失落中解脱出来、振作起来，重新找回自己的自信，重新回到正常的工作和生活中去。

女儿的第一条信息是2012年2月28日2点18分发的："人的潜力是无限的，人可以不断地超越自己，人一生都需要学习，相信自己，你可以学会的东西很多，加油。"女儿的第二条信息是2012年3月22日11点43分发的："老爸，人不能改变过去，但可以把握现在，人不能对自己形成单一评价，并不是离开广电局，你就失去了成就感，你需要从其他地方找到实现自己价值的支撑点，你的未来在你现在的决定里，让我们一起加油吧。"

看到女儿这两条信息，认真品读它，思考它，想想其中父女亲情的爱，想想其中的辩证哲理，的确给人以振奋和警醒，人不能总沉浸在过去的成就里，活在过去的荣誉里，过去的就让它过去，不能让它影响现在的工作与生活，过去的应该画句号了，现在的才是现实，现实需要面对、需要奋起、需要担当、需要学习，不能泄气，不能沉沦，不能得过且过，不能浪费时间，要尽快适应新的工作和生活，不说做出多大成就，但也不能让别人说闲话，某人原来如何如何，现在怎么怎么，原来和现在不是一回事，是吹的是假的，真的不能有这样的名声，也不能有这样的结果。

再有，自己是有学习能力和学习兴趣的，不是不能学和厌学，不管是哲学、经济学，还是文学、艺术，只要有毅力，就一定能学会，就一定能适应新的工作，也就一定能干出成效来，另外，现在的工作宏观些，也有时间去学习、去钻研、去总结、去回忆，不说创作出多么有影响的作品，但总可以写些东西出来，一则可以陶冶情操，二则可以留给后世。是的，女儿说得对，“你的未来就在现在的决定里”，我们一起加油，加油。

松松的参军梦

按辈分讲，我是松松的祖辈，我和他很少见面，只知道他在县职中读过书，后来在外读职业院校，学的是电气化专业。有一次，他突然到我家，告诉我准备报名参军，高高的个子、健康的身体，浓眉大眼，像是一块当兵的料，但他当时还未毕业，我劝他毕业了再说，他接受了我的建议，又愉快地回到学校读书，直到拿了毕业证考了技术等级证，并到重庆一家公司上了班，干得还不错。我以为他这下可能会安心工作了，不再提当兵的事了。谁知道，他依然想着当兵的事，并在网上报了名。有一天，他在普安找到我，问我走士官好还是士兵好，我说你要条件合格了再说。他信心满满地回答我，这次应该没问题。看他胸有成竹的样子，好像已经穿着军装，戴着军帽，告别了亲人，踏上了远去的列车，飞到了祖国的边防前线。不曾料到，他报的士官身体条件要求太高，一点点小瑕疵就会被卡掉，在广元复查的过程中，他未能选中。他以为，士官上不了士兵总可以，可当士兵的过程也是一波三折，政审虽过，最后依然未能如愿。我以为，这下他可能不再说当兵的事了。过了几天，他在重庆的公司打电话告诉我，他明年还要去参军，春季不行就秋季，自己的理想就是做一名军人，因为他的外祖父曾经是一名抗美援朝的志愿军战士。但愿他的理想能实现，成长为一名真正的军人，即使成不了军人，只要有理想，也一定会成为一名爱岗敬业、积极向上的好青年。

她是护士

她叫唐莉蓉，龙源人，是我二姐的外孙女，川北医学院毕业后，被分配到县人民医院做护士，对于这个辛苦的职业，她没有选择放弃也没有怨言，有的是敬畏与努力工作。她深知，作为农村孩子，这份工作来之不易，应该好好珍惜，为自己，为父母，也为他人。她乐观自信、积极向上。

刚到医院，她有些不适应，慢慢地，她喜欢上了护士工作，从不会到会、从会到优、从优到精，打针、输液，白班、晚班，病房、药房，一年四季，春夏秋冬，她的身影，她的笑容，留给了医院，也留给了病人。她爱学习，爱钻研业务，通过考试并取得了本科文凭。在一次医院创建迎检中，她对检查内容的圆满回答，受到专家们的肯定。在后来的工作中，她被提为护士长，在护士长的岗位上磨砺了好几个年头，她被调整到了医疗纠纷调解办，这是一份全新的工作，也是考验业务能力与法律素养的工作，还得有耐心与韧劲，有说服能力，最终把矛盾化解于无形。再后来工作轮岗，她干过招投标，搞过质量监督，不管干什么，在什么岗位，她都能干一行爱一行，爱一行钻一行，把自己的工作干得有声有色。

作为一名医务工作者，人民心目中的白衣天使，一名党员，她觉得在自己的岗位上应该起到先锋模范作用，不论何时，只要医院一声令下，她们都得冲锋在前。机会总是留给有准备的人，工作虽然平凡，但也会成长，也会有成就感。

学思没有穷尽时

学诗之乐

古诗词之美，人皆知之，那只是在阅读层面上，觉得音韵和谐，朗朗上口，然而，要学习写诗词，就不是一件容易的事了，也许，一辈子也入不了门，写不好诗词，只能停留在阅读与欣赏方面。

我对诗词的爱好，主要还是初高中课本中的诗词，从最初的学习到尝试写作，基本上是模仿，写感觉，有诗意了就记录下来，至于平仄与韵脚，是弄不清楚的。最初读清李渔的《笠翁对韵》，觉得很有韵味，但不求甚解。关于《平水韵》和《词林正韵》，也是后来学习诗词写作时才涉及的。后来，换岗到宣传部，相对来说有了时间，老年大学的李登禄校长开讲诗词课，我就去听讲，慢慢地也写上几首短诗，让他给修改意见，可每次都是平仄与用韵问题，该平的用了仄，该仄的用了平，还有用韵不在同一韵部，而自己也没有去认真地钻研，总觉得学习诗词太难了，过不了平仄关，永远是个门外汉。在随后的学习中，县上有了诗词楹联学会，而且办了微刊，这下就热闹了，有蒲汉林、赵仕诚、邓勇一些诗词老师教育辅导，从学规则、学技法开始，慢慢地摸到了门道。

初学诗者，犹入浩瀚大海，唐诗宋词，体裁多样，风格各异，古体诗与近体诗，格律诗与非格律诗，往往容易混淆，觉得古体诗不受平仄约束，比较自由，用词用句比较灵活，也能够表达作者的意图，殊不知，古风古体要求更高，蒲老师要我们从绝句入手，而绝句又要先从七绝入手，先以为五绝更简单，因为字数少，但五绝字数虽少，平仄不好调整，只有你文字功底深厚，才能运用自如。七绝的长处是字数相对多点，平仄好调整一些。平仄问题解决了，而选韵用韵也是关键，有人使用《平水韵》，有人使用新声韵，我们学的是《平水韵》，在《平水韵》中，有的韵部，多古音字，读起来根本不押韵，按现代汉语的四声来对照，不可能在一个韵部，传统音韵学有平上去入四声，平是平声，上去入是仄声，现代汉语中只有平仄，没有入声字，这就给学诗的人造成了误解，以为不合平仄不押韵，而实际是合律与押韵的。此外，写诗用韵，既要在同一韵部，又要选准韵，才可依韵赋诗，要不然就是凑韵，凑韵在所作诗中，要么牵强，要么别扭，读来不顺畅，只有选准韵，才能音韵和谐，水到渠成。学会了技术层面上的东西，就得学艺术了，诗不是逻辑思维，而是形象思维，需要有画面感，需要用赋比兴的手法，赋就是铺陈其事，比就是以彼物比此物，兴就是先言它物引起所咏之词，这三者在诗中经常使用，但又各不相同，要根据表达的内容来定，有时是有意为之，有时是无意为之。在艺术的表达上，起承转合，四句话要安排妥帖，才能气脉畅通，读来顺口。艺术是一个长期的过程，是一个积累的过程，不可能一蹴而就。学诗除了技术与艺术外，最重要的就是立意了，立意也可以说是诗要表达的主题思想，不管是写什么，怎样写，这一关都是最重要的，它包含着作者的价值追求与家国情怀，可以兴、观、群、怨，任意挥洒，但需高雅而不低俗，这是最基本的要求。

学写近体诗，除了多学外，还要多写多练，多参加诗联活动，到基层去，到群众中去，了解经济民生，熟悉社会生活，写出的作品还需要老师们评析和修改，要不怕露丑，不好的要舍得忍痛割爱，废弃重来。这一点，剑阁的诗联学会做得最好，他们长期坚持组织采风，布置作业，定期交稿，老师点评，卓有成效。

学写诗，现在有一个好的条件，就是有网络，网络可以帮助初学者快速掌握有关知识，识别音韵与平仄，进而少走弯路，当然，不能完全依靠外在的东西，主要还是人，人的思想是关键，思想来自知识的厚薄，来自社会阅历，后者对学诗人很重要。谈到学诗之乐，有人自然要问，乐在何处？现代社会，人浮气躁，有人读你的诗吗？能读懂吗？是的，诗的爱好者，从来都是小众，但这个小众化的群体正在慢慢扩大，爱诗的人愈来愈多。读诗写诗，渐渐成为一种提高自我修养、人生境界的追求，它让你安静平和，它让你登高望远，它让你美不胜收。对于自己，通过几年的学诗写诗，进龙凤诗院，入山水诗社，定期参加市县学会的采风活动，收获了不少，有一帮诗学精到的老师，有一群爱好写诗的朋友，相互学习，相互切磋，取长补短。当你把最复杂的事物，把多年酝酿的感情，用最短的诗句表达出来，那种快乐，无可比拟。这就是学诗之乐，也是人生之乐。

有缘龙风

人生有缘，总在有意与无意之间。记得是在浏览某诗词微信群之时，发现龙风文学院在招生，就试着报了名，心想现在的网校太多，随便跟着学习，不行就溜走，免得浪费时间，谁知龙风非一般网校可比，教学非常正规，师资也十分强大，作业与考核异常严格，而且全公益，不收一分钱，天下真有这等好事，何不坚持学下去。

在慢慢地学习中，才知龙风诗词曲联乃曲度大先生所独创，曲先生呕心沥血，志在弘扬中华文化，他在继承古典诗词曲联的基础上，开拓创新，研究出了诗词曲联全格之谱系，并在国内乃至世界华人区推广，影响也越来越大，取得了令人瞩目的成就。曲先生之后，迈克、白玉、李艳芳等一大批热爱曲度诗词的有识之士聚集在龙风旗帜之下，兴学授业，孜孜以求，传播曲先生诗学理论。在龙风学习中，自己有缘入驻红三系西南大区767分院，并结识了周崇明、盛显峰、王玉环三位院长与老师，在他们的精心辅导下，自己业有所进、悟有所得，逐渐改变了自由式学习诗词曲联的习惯，找到了正确的方法，突破了格律对仗难关，从平仄到选韵，从辨词到炼句，从主题到立意，一步一步地学习，一次一次地批改作业，遇到学习中比较难的问题，反复讲解，重点分析，最难能可贵的是，每次作业，周崇明老师都亲自示范，把自己的作品晒给学员看，让他们学习研讨，少走弯路，达到事半功倍的效果。盛显峰老师对学员作业认真审看，及时修正。王玉环老师对工作高度负责任，任劳任怨，一丝不苟，对所有学员特别是年长的学员关怀备至，不愿他们落下每一次作业、每一场考试，最终使767分院40名学员圆满完成了二十二次作业与两场艰巨的考试。

在半年的学习中，自己有幸结识了天南地北的诗友，辽宁的、山东的、河南的、广东的、内蒙古的，虽素昧平生，但却一见如故，相互学习，相互帮助，态度谦逊，有的开朗豁达，有的幽默风趣，有的执着认真，有的多才多艺。他们之中，各有特长，各有脾气，有的忙于上班，有的已退休但依然很忙，他们工作学诗两不误，特别是那些带着孙子挤时间学习的爷爷奶奶们，带着病痛坚持学习的老人们，他们真的可亲可敬。总之，忙碌与勤奋、坚韧与坚持，是他们可贵的品质与共同的特点。学员们说，要不是对诗词的挚爱与不舍，无论如何也难以坚持下去，的确，曲度式诗词曲联内容丰富，博大精深，再加之题量大、客观命题作业多、知识涉及面广、查阅资料耗时长，更增加了学习的难度。当然，学好曲度诗词曲联也非一日之功，需久久为之，并在实践中不断总结与升华，方不负龙凤之精神。

回顾在龙凤诗院的学习过程，我们真切地感受到龙凤是一个温暖的大家庭，是一个值得信赖的诗学殿堂，是一个给我们留下深刻印记的地方。谢谢龙凤文学院的领导们、老师们、同学们，我们会永远记住你们！

学车

换岗以后，原来的工作技能大多用不上了，必须从头学起，这也就为难了一些当过领导的人，难怪有人嘲笑说：他们除了做领导，什么都不会，事实上，也是这么个道理，面对现实，该学的还得从头学起。

在我的记忆里，最深刻的要数学驾车之事。本来早就应该学会，但当时一则车少，二则安全问题，三则有专职驾驶员，也就不了了之，放弃了考驾照。后来调单位后，无车可坐，只得步行上下班，实在觉得不方便，便有了学车的念头，可家里人不太同意，自己只能坚持硬学，于是上了剑州驾校。在驾校学习期间，要过三个科目的考试，一科是文考，二科场地考，三科是路考，而最难的是二、三科，弄不好需要从头再来，有的人因长期考不过关而失去信心。

我的学车之路说来也颇具艰辛，不管你怎么学，都赶不上年轻人，手脑心偏于老化，文考要反复看书，认真记忆，死记硬背，对交通法规和交通标志要烂熟于心，场地考与路考要反复练习，不熟练不上考场。我的师傅姓曹，中年人，技术过硬，教得好，也有耐心，学的人也多，每天他准时到教练场，按先来后到练车，人多的时候大家练的时间很短，人少时他会让你多练几把，有时中午不回去，就在教练场的伙食团吃饭，吃了就练，直到天黑才结束。曹师傅在教学中，希望报名的学员多，考过关的学员多，来得快，车技好，有效益，一次有几人过关，受到别人的羡慕，他就高兴，愿意庆祝一下，给后面的学员鼓鼓劲。

我的学习不是很轻松，但学的途径与方法较多，为了练胆子，让别的师傅带自己、随家里的亲朋跟车跑线路，强化学习，弥补场地练习人多机会少的问题。记得第一次跑剑门关，全身的衣服都湿透了，与大东一起跑剑昭路，上坡换挡，紧张得要命。随后跑过苍溪、阆中与青川，就熟悉得多了，一切按照规范操作，专心致志，不开小差。通过多方位的练习，终于可以上考场了，但在第二科的考试中，依旧出了问题，本来一切顺利，可到了最后出库时，红外线检测报告车身压线了，没办法，只得败兴而归。第二次补考，由于车辆不熟悉之故，坐凳太低，震动声大，在转弯时压线扣分，后又在上坡停车处出现问题，考试未完，就被刷了下来。随后，又进行了第三次补考，才过了场地关。在路考关中，考官性格柔和，但路上状况比较多，再加之让人指挥，有时难以镇定，偶尔手忙脚乱，好在此次还算安全。最后的规则文考，是电脑考试，当时我被分配在靠窗子边上的一排，由于荧屏反光，基本看不到试题的字，举手示意后，考官把我调到中间的空位桌上继续考，这次比较快，考得很好，只错了两分题。不多久，驾照就寄到了单位，望着小小的驾照，我心里甚是安慰，学不会的东西终于学会了！

车学会了，要想购车，实在是件两难的事情，花钱是一回事，安全是大事，家里人为我好，总认为技术不过关，不让购车，加之孩子读书就业都需要钱，自己只得放弃梦想，一过就是五六年，眼看岁月远去，将要进入退休生活，想拥有自家车的愿望越发强烈了，这时正好妻弟有了新车，要把旧车处理掉，问我开不开，我一口答应，给家里人做工作，拿个旧车代步之用，开上几年，过过车瘾，年纪大了就不开了，这样既节约了资金也满足了心愿。事情终于有了转机，家里人同意了，一款现代型的城市越野车落在了我的户头上，开起车来，安全至上，不快不慢，飞奔在新老县城之间，总有一种舒心的感觉。

期望

喜悦，关爱，向上，希望。用这组充满温暖与深情的关键词作为这篇序言的开头，这是因为，有许多话要向我们的老年朋友与青少年说说。

先说喜悦。喜悦是人最美好的感情，人遇好事、喜事、美事自然喜悦。2021年，是我们党建党一百周年，一百年筚路蓝缕，一百年披荆斩棘，一百年不懈奋斗，一百年功勋卓著。一百年，我们的在中国共产党的领导下，从站起来、富起来到强起来，真正成了世界的新星、东方的巨龙。在这个隆重的节点，从城市到农村，从工厂到军营，从机关到学校，都沉浸在无限的喜悦之中，这种喜悦发自内心，这种喜悦难能可贵，表现了对党、对国家、对人民深深的爱，浓浓的情。

其次说关爱。在中国经济发展，社会文明，民族团结，人与人之间相互信任与帮助。国家为了发挥“五老”余热，还专门设立了关心下一代工作委员会，主要抓未成年人的思想政治教育。在这方面，剑阁的工作可圈可点，成为国家、省、市先进。在这次“学党史，感党恩，跟党走”的老少牵手建党百年大型征文活动中，县领导高度重视，有关组织与部门密切配合，从策划到宣传，从评选到表彰，都一丝不苟，表现了对征文活动的高度负责和对青少年成长的关爱之情。

再说说向上。积极向上是社会发展的要求，人类进步的必然，特别是青少年，要树立正确的人生观与价值观，要爱党爱国爱人民爱家乡，心中有多少爱，有多少阳光，就有多少动力，有多少正能量。从这次所征集的散文、诗歌、书法作品中，无论是老同志、小学生、高中生，还是指导教师、专业作者，他们都能按照征文活动的要求，学党史、悟思想、感党恩，结合实际、结合生活、结合自身，写出了不少有思想、有情感、能打动人的好作品，字里行间闪动着耀眼的光芒，这是十分难能可贵的，也值得今后大力发扬。

最后说说希望。希望是阳光、是灯塔，照亮我们的青春，照亮我们的前程，照亮我们的追求，也照亮我们的未来。中国梦，民族复兴，两个百年奋斗目标，我们已经实现了小康，还要建成现代化强国，国家需要继续发挥老同志的光和热，也需要培养更多有理想、有能力的青少年，“少年智则中国智，少年强则中国强”。在喜迎党的二十大召开之际，正逢关工委成立三十周年之时，诚愿大家发扬成绩，继续努力，使剑阁的关工委工作更进一步，为建设美丽剑阁、幸福家园而不懈努力。

人有遗憾在别时

当离开已成必然，心里五味杂陈，说不清是爱、是痛、是苦，还是麻，即使有点其他味道，也一定不是甜，会议已经开了，文件快下来了，社会上已传开了，走了，走的早该走，来了，来的早该来。大家似乎有希望有盼头了，当你听到这些或明或暗的声音，就知道接下来现实生活中会发生什么，招呼少了、交流断了、手机电话没音了，没有人找你了，是失落、是孤独、是解脱、是懊悔，还是对未来的担忧与希望……也许，什么味都有，什么也说不清，望着空空的办公室，一个人独坐在椅子上，想想过去辛苦的日子和岁月，有辉煌，有成就，有奋斗，有泪水，有失误，有痛苦，不管怎样，他都把自己的青春和热血献给了自己热爱的事业，献给了生他养他的那片土地，献给了那片土地上的父老乡亲，可以说无怨无悔了，但无怨可以做到，无悔是不能轻易说出口的，无悔对人生来讲，是很高的要求，人的一生谁又能真正做到无悔呢？令他遗憾的是，在他离别之时，没有抽出时间再去看看那些战斗在广电一线的同志、看看那些支持过他帮助过他的村支书朋友、看看那位远在升钟水库的孤寡老人、看看住在外地的退休老局长、看看引他走上写作之路的新闻战线上的老师们。

哎，别再想了，想做的事还多呢，但人生有限，自己告诉自己说：赶快整理一下思绪，看看眼下还有什么事要做，明天就元旦了，约个时间吧，把广电重要的文件和资料交给继任的同志，也许会有用的。转身来到窗前，看见那盆枯黄但未掉下针叶的文竹，心里暖暖的，他的朋友，怠慢你了，他有些内疚。

从窗往外看，可以看到大楼的整个轮廓，那是在县城迁址时想尽千方百计建成的，融进了自己和同事们的心血与汗水，不管怎么说，总算给广电找了一个安身立命的地方，要不然那么多设备不知往哪里放呢，近处是灾后重建已经竣工的小广场，还有黑龙江援建的龙江大道、滨江路，远处是温泉旅游酒店、绵广高速，以及对面山梁上那丛郁郁葱葱、傲风斗雪的松柏，更远处就是高高的剑门山，它巍峨而雄伟、坚定而刚强、久远而永恒，给人以启迪与联想，可对人来说，如同冬天里剑门山上飘逝的雪花，顷刻之间化为乌有，又何必去计较它短暂的生命和价值呢？该离开了，该告别了，有什么不舍呢，他抱着一摞书，加快脚步走出了大楼。

走向了新的岗位与新的生活。

一切从头学起

我最熟悉的是广电，无论是新闻宣传、事业发展，还是行业管理，对我来说都不是难事，可转岗之后，一纸调令把我调到了宣传部，虽然说都是大宣传，但差别还是较大，宣传部宏观，广电微观；宣传部会议多文件多材料多，广电点多面广事难做；宣传部重点是县上的中心工作，广电重点是老百姓听广播看电视；宣传部组织纪律要求严，人员素质要求高，广电组织纪律要求较为宽松。还有，宣传部的工作重在协调，广电的工作重在落实；宣传部的工作主要是自己带头干，广电的工作是组织大家干。

正因为有这么多的不同，才使自己感到压力，感到有些不适应，感到弱势，以前的工作方式不能用了，以前动脑动口不动手，现在一切得从头学起，学电脑、学打字、学写稿、学汇报。以前开会、下乡、出差都有交通工具，现在到哪里都打的、找便车和走路。以前吃饭有伙食团，现在没有了伙食团，生活已经发生了彻底的改变，这是现实，也是社会，现实不容回避，社会本就具体，不面对怎么能行呢？从刚开始的不适应到现在的适应，这中间有一个调整的过程，有人说要三个月，也有人说要半年到一年，不管迟和短，都得调整，而且要快，不能把自己久陷在无望与踌躇之中，那样对工作对身体都不利。

人生如同山花，有开就有谢，任职有升就有降，是官是民，迟早都得回归本体和自然，这是规律，又何必去计较去自寻烦恼呢！

一张违规通知单的启示

按照规定，只有停车场和划有停车线的位置才能停车，但事实上，在川北这个旅游小城里，不按规定停车的比比皆是，饭店前、商店旁、菜市场、小区边，一到节假日，出门一望，到处都是车，特别是滨河路一带，车位已爆满，只要有空隙的地方都停满了车。

现今社会，车方便了人，同时也给人带来麻烦，乱停乱放，是交警部门重点整顿的现象。有一次，由于县上开会，小车比较多，停车场停不下，街边上、路口上，都停有车。他把车停放在远一点的洗车房树荫下，随后被交警贴了一张处罚通知书，要求三日后十五日内到交警队接受处罚，他开车的时候没有注意，还以为是谁贴的广告在雨刮器下面随风飘动着，过了两天，又一次停车在原处，两个洗车的小伙子笑着说："你被交警贴通知了。""什么通知，怎么不知道？""不信，你看看，要罚款，还要扣三分。"他有点担心了，别人的没贴，怎么只贴他的，第一次遇到这样的情况，也许，是车开得太少，没有经历过，也不知该怎么处理。中午回家，妻子在学校吃饭，他忙着自己煮，三两下吃完饭，就打电话问大东，说这不是什么大事，自己到交警队去处理，他们有时也会遇到。

上班后，他又问单位的师傅，他说扣不扣分不知道，要找交警队的同志咨询一下，无奈只能把电话打到交警处，没有接，后发信息过来，问是谁？有什么事？他怕说不清楚，希望直接电话咨询，电话中，她告诉说：“不扣分，但要交罚金，这么个事，以为有好大事，我正在开会呢！”

事后，他找同事帮忙下载了交警12123软件，按有关规定在网上交了违章处罚款，但他心里依旧很自责，觉得上班时间不应打这个电话，应该自己跑一趟，到交警办事窗口去问一问就清楚了，何必占用别人的时间？公务人员，更应该自觉，以不给他人、不给社会添麻烦为最佳。还有，习惯思维在作怪，认为行政执法，可宽可严，让别人抬抬手，放马过去，按照习惯说一声下不为例，这怎么可以呢？再说，从社会管理的角度想，你乱停乱放了，就该自觉自愿地接受处罚，有什么想不通的，要是大家都这样，城市秩序不就乱套了？只有全社会每一个市民包括自己带头做起，才能维护这座文明城市的良好形象。

忆端午

在我的记忆里，端午节在农村是一个非常重要的节日，每到这一天，不管家穷家富，总要蒸馒头，不管大小，也不管白黑，要么自己吃，要么送亲戚，总之，馒头成了联系朋友亲戚最重要的礼物。

谁家馒头蒸得好蒸得大，谁家就有面子，谁家人就活得光彩，就有名声，而对于一般家庭来说，在端午节要蒸上几大箩白面馒头是不容易的，就是蒸了，也主要是送亲戚，自己吃的还是玉米面馒头，有时孩子们馋得不行，大人们也只得分一两个“开花”馒头，一人一块，再喝上一碗菜汤就算了事，实在没办法，孩子们就打起“偷”的主意，看看大人把馒头藏在那里，悄悄地去拿……

这就是那个年代过端午节的情景，可现在不同了，在农村，过端午节和城里一样，要什么有什么，蒸馒头、蒸粽子、做菜做饭、打牌喝酒，有的地方还组织传统的划龙舟比赛，以此来纪念伟大的爱国诗人屈原，同时拉动旅游的发展。现在，社会发展了，时代开放了，人们的生活宽裕了，心情舒畅了，思想自由了，大家在尽情享受生活的同时，还不忘大把大把地挣钱，也没有人再说你在投机倒把了、在搞资本主义了，你发展得越好，政府越支持，你发展好了，对国对家都有利，这是多么好的政策、多么好的时代，人们的生活越来越幸福，再也不像以前那样，连一个白面馒头也吃不上，甚至还要分着吃……

想想过去的端午节，再看看现在，吃着粽子、唱着歌、聊聊神州飞船中的宇航员们，该是多么幸福和难忘的端午节啊！

闲话清明节

今天是清明节，放了小长假，大家都在休息，与以往相比，我轻松多了，可以有时间有心情写点东西了。清明，春和景明，给人以清新，给人以洒脱，给人以希望。清明，人们最想要做的事就是游春踏青、祭亲扫墓，带着一家人，到长辈的墓前祭拜祭拜，挂挂纸、烧烧香、说说话，让长辈们知道，我们现在做的什么，活得怎样，顺不顺利，希望保佑全家平安幸福，也顺祝他们在天堂、在另一个世界快乐地生活。

清明节，是一个传统的节日，也是一个重要的节日，但我们不知古代的人们是怎样度过和庆祝的，可能是有感恩和旅游的意思吧，要不然，怎么会写出“清明时节雨纷纷，路上行人欲断魂”“况是清明好天气，不妨游衍莫忘归”的诗句呢？也许，古代的人比现代的人更浪漫、更环保、更会享受生活，而现代人更忙碌、更焦愁、更不知满足，这个比较，只是想象，实际上是没有可比性的，毕竟古人是农耕文明，今人是工业文明，这两种文明是有天壤之别的，但它们之间也是有传承的，这也许是国家恢复清明这个传统节日的原因吧，让现代的人们能够在忙碌中抽出时间去旅游、休闲、祭拜和感恩，能够奋进，能够自强不息,能够把中华民族传统的习俗保持下去,不让它丢失。

清明节，在我的记忆里，也有清晰难忘的东西，那就是历史书上宋代的《清明上河图》，它把祭亲扫墓的场景和人物描绘得栩栩如生，是那样细腻与精致。清明节，是一个不平凡的节日，它让人想得太多，是旅游，是休闲，是悼念，是思亲，是坦然，是超脱，还是感恩和奋进，也许，在每一个人心中，清明节的意义各有不同。

包容是一种品德

在日常生活中，有一种品德非常重要，那就是包容。不管是优点还是缺点，我们都要有一颗包容之心，不能一看到别人的优点就嫉妒，看到别人的缺点就攻击，这是一种非常不好的现象，很不利于同志之间的团结，有时甚至会把自己陷于孤立，特别是领导同志更要注意，对待上级要包容，批评错了，你要包容，不能去顶嘴，有则改之，无则加勉；批评对了，你更应该接受，应该承认错误，勇于改正。对于下级，你也要包容，建议对了，你要支持和表扬；建议不对，你可听之，可不采纳，但不必当面驳回。对于背地里说你坏话的人，你更应该包容，不要去针锋相对，不要当面对质，做不到一笑了之，也须忍之，“清者自清，浊者自浊”，这是包容的最高境界。领导不论职位高低，总会在工作中遇到一些难办的尴尬事，能不能解决，不是能力有多大，主要看你有没有智慧和办法，其实，有一种包容的心态，有一种开阔的胸怀，也就有了智慧，有了办法，有时会让事情转危为机，迎刃而解。当然，这不是每一个人都能做到的，但愿我们每一个人都学会包容、学会宽量、学会与人和谐相处。

阳光与深沉

写下这个题目，是想说说人的性格和心理的复杂性。人本有性格、有思想，性格有好有坏，思想有深有浅，但表达的方式各有不同，有的人直接与阳光，有的人间接与深沉，有的人一看就明白，有的叫人摸不着头脑。这些，说起来是人的个性，或者是人的脾气，不可一概而论，可在日常生活里，在社会交往中，遇见的人和事还都不是那么简简单单，有的平时处得不错，相知较多，可就是不愿思想外露，不知他想的什么，决定事情总是要迟疑好半天，吞吞吐吐，不愿说出来，叫人等好久，你追问一句，不得已才表态；还有一种现象，平日里，有的把所思所想藏在心里，不给你明说，只有醉酒以后才吐真言，并且以一种很委屈、很不客气的方式表达，叫人难受，你只得忍气吞声，为了不伤和气，你得认真做一个忠实的倾听者，可每次事后，都感到有点后悔，觉得似乎话说过了头，似乎伤了对方，其实，心胸开阔的人不会想那么多，也能理解和原谅，哪一个人没有气恼的时候，哪一个人都有不顺的时候，但面对气恼和不顺，采取什么样的态度和方法，就有讲究了，态度方法对了，结果就好，否则就坏。

人的性格和脾气还有长期形成的思维定式，是很难改变的，除非是环境或者学习，再就是有大的教训，方才有改变的可能，否则，实难改变。话说到此，又回到开篇的话题，阳光与深沉，一个人阳光一点当然好，性格开朗，朋友喜欢，心底无私，身体康健，但阳光的性格易被别人一看就透，有时难免上当受骗，出口伤人。深沉的人叫人难以琢磨，不好相处，但也有好处，藏而不露，善于保护自己，使自己不受攻击和伤害，常处于不败之地。总之，阳光与深沉，是矛盾的统一，很难在一个人身上表现得全面而完美。

时光　风景　人情

时光，风景，人情，本是三个不相关的意象，我却把它们组合在一块，是想表达一种心愿，一种情愫，或者说与自己读书写作有某种联系和感悟。

时光是无情的，也是有情的；是客观的，也是主观的；是短暂的，也是长效的。就看你如何去认识它、把握它、使用它、珍惜它，日复一日，年复一年，小树可以成为参天大树，小溪可以汇入大海，知识可以由少积多，人生可以由平凡变得不平凡，甚至在某个方面闪闪发光。当然，浪费时光，虚度光阴，碌碌无为，最终可能一事无成，无论读书、工作、生活都是如此，为什么同是读书，有的学习好，有的学习差；同是做一项工作，有的有成效，有的无成效；这除了基础与方法外，有一个重要原因就是有没有充分珍惜时光，“子在川上曰，逝者入斯，不舍昼夜”，孔子说的也是时光如流水，飞逝不再来。从时光的客观性来讲，它是漫长的，是永恒的。它如一位白发长者，你爱它，它也爱你，它能使你成长成才，使你自强不息，奋发有为。

风景是迷人的，也是美丽的，风景有四季，随气候的变化而变化，春去秋来，花开花落，十分正常，关键是你以什么样的方法，什么样的心态去追逐它、观赏它，一山一水，一花一木，一亭一阁，一人一事，一诗一文，都是风景，都有情趣，只要你有一双美的眼睛，你就会发现美、欣赏美，继而去追求美，把自然的美、事业的美、人生的美，融化在心，再用心去观察、去体验，你自然会有热情、有激情、有正能量的传递，有美好的风范与言行，有宽阔的眼界与胸怀，有写不尽的锦绣文章，抒不尽的爱国、爱家、爱民情怀。

人情是可贵的，也是持久的，不论是社会，还是亲情，都值得我们去维系、去珍惜。领导、同事，老师、同学、朋友，爷爷、奶奶，外公、外婆、父母、兄弟、姐妹、侄儿侄女，这些都是一生中与我们走得最近的人，我们有什么理由疏远他们、冷落他们？在你有困难的时候，他们没有袖手旁观，没有不闻不问，哪怕是一句温暖的话，也使你信心满满，重整行装再出发，最后到达了幸福的彼岸。在别人有困难的时候，你理应义不容辞，伸出温暖的大手，救人于危难之时，这也是人文关怀，也是社会主义核心价值观所倡导的内容。也许，你本身有多方面的原因，做不到这一切，但你至少不要忘记他们，或者写下来，让他们成为一种财富与力量，永远温暖你的人生。

声屏之妙

广电宣传，是声屏艺术，有无穷的奥妙，它分广播与电视两个部分，广播主要靠声音传播，电视则需要音像同步，它们各具特点，又各具优势。

先说广播，广播投入少，技术层面上较为简单，传播快，效果好，特别适合广大农村，方便广大人民群众收听，在相当长的一段时间内，广播成为老百姓生产生活中不可缺少的传播工具。在政策知晓方面，广播每天按时转播中央台的新闻节目，人们通过听新闻，可了解国际国内大事、了解各级党委的方针政策、知晓经济社会进程、寻找致富信息。据说，我县最初的广播是老局长王银生带头建立的收音站，起初背着收音机下乡放给群众听，后来建立了县级广播站，大力发展农村有线广播，先是村头大喇叭，后是入户小喇叭，小喇叭一般安在院子房檐下的柱子上，上边一根信号线，下边一根地线，有时有噪音，就在地线下边浇点水，农村广播的作用不可低估，特别是在开大会、搞水利、改田改土的集体活动中，其威力可大了，方圆几十里都可以听到，有时赶场到县城，看公园坝开公捕公判大会，站在塔子山就能听得清清楚楚。广播在我的记忆里有一份深深的情感，当时在农村，需要搞宣传，拿着篾编纸糊的土喇叭，坐在高坡上大声向群众读报纸，连嗓子都读哑过。后来阴差阳错，我的第一份合同性质的工作，就是在县局编写广播稿，可以说，广播与我一生有缘有爱，直到现在。

说起电视宣传，它的特点是直观形象、声音画面互为补充、观众喜闻乐见，相对广播来讲，投资大、技术要求高，需要人才支撑和团队作战，单靠某一个人难以完成任务。记得在县局工作时，第一套电视采编设备是县委宣传部送的，很简陋，当时剑阁搞工业展销会，我和张文武同志一起搞了一条新闻，是广播员配的音，晚上送到差转台播出，我们兴奋了好一阵子。后来随着技术的进步，摄录机多起来，最初还不是分离式的，有一个大搭包，到外采访需要两个人，一个人摄像，一个人搭包，配合好才能工作，慢慢地，一体化机子多了起来，电视节目越办越有进步，特别是《剑阁新闻》成了城乡人们了解县委县政府大方针和工作动态的窗口。再到后来，随着城乡有线电视的发展，电视台的人员不断充实，设施设备有了质的飞跃，电视宣传成了时尚，县内相关活动都需要报道，而且专题片特别多，有些专题片完全是总结片与汇报片，其中新闻价值与艺术价值都不高，当然，这是出于创收养台的需要，其实这是违反宣传规律的。按照电视宣传规律，在采访之前，都要确定选题，并对选题进行认真讨论，有价值才派人去采访，采访中或者采访后进行文字写作，然后由编辑对文字稿审查修改，最后进入制作环节，制作后电视台总编再审，确定没有问题签字后，才送播出中心播放，一档新闻就是经过这样复杂的流程才能完成。

在广播电视宣传中，不同的受众关注点各不相同，决策者关注的是自己的思路决策宣传是否到位、是否放在重要的位置，群众关注的是是否与民生有关、是否有曝光的东西，记者关注的是是否有新闻价值、能否引起观众的兴趣，当然，也有什么都不关心的，根本不听广播不看电视，沉醉于吃喝玩乐之中。对于新闻记者，如果是做广播电视新闻的，也一定要对内容有所选择，要能识别新闻价值，镜头要能表现新闻事件关键要素，文字与之相互补充，使观众一听一看就明白，你讲的是什么？表达的是什么主旨。如果做专题栏目，那一定要定好位，要专一些，不能宽泛，不能把与之没有关联的内容做到节目里去。如果是做专题与专题片，不管采取什么样的方式、表现什么样的主题，是政论的、文化的、历史的、风光的，还是人文的，都要有好的策划、好的脚本、好的画面、好的配音、好的音乐、好的制作，这样才算得上一个好的作品。对于社会热点，要特别注意，在事件发展还不明朗时，一定要慎重，不能随意下结论、做判断，以防止做出错误的报道。对于法治新闻，一定要熟悉事件的来龙去脉，并熟悉相关法律法规，即使不熟悉，也要请教法律专业人士，做到准确公平。对于批评性报道，重点是把握好度，对事不对人，首先是要符合批评的条件、符合政策与法规、符合事实，其次是要把握好批评的分寸，不能过激，也不能过软。再就是批评报道最好要与有关部门沟通送审查，倾听不同的声音。总结在广播电视宣传岗位上的经验，体会其中奥妙，有辛苦也有乐趣，而最具有挑战性和成就感的有几个方面。

思维要活。思维活决定题材的把握、价值的大小。价值常常淹没在普通事实之中，非有眼光不能识别，如剑阁台张文武采写并获一等奖的广播专稿《42户农民建起小城镇》，它表现出了改革开放中农民的勇气与胆略。

点子要抓准。新点子决定角度，好点子决定对内对外宣传的上稿率与评优率，如我们采写的表现剑阁城乡人民拯救家乡学子苟升明献爱心的电视系列报道《爱的震撼》，在全省创优评选中获得了一等奖。

写作要快要好，快是抢时间，好是抓质量，不能拖沓不能无所用心，广播电视宣传常常需要记者与时间赛跑，练就快和好的本领终身受益。

作风要扎实，做记者要能吃苦，作风要过硬，要有专业的精神，好作风还需强专业，新闻采访是政治能力与技术相结合的产物，只有采访到好东西，创作出好作品，才能被广大受众所关注所热爱。

改与管的辩证法

在广电系统多年，经历了多次的体制改革，而这些改革不是因技术进步，就是为事业的发展，抑或为产业的整合。

单从名称来看，就知道个中原委，从最初的广播站、广播局到广播电视局，再到广播电影电视局，最后融入文旅体局，成了该局的一个股室，这不能不说是经济社会变动过程中的必然趋势。

在我的记忆里，改革多数是从人员队伍开始的，原来的广播员，是不吃财政饭的，县局管招人、管业务，乡镇自己解决工资待遇，后来广播员招干了，有了正式的事业编制，基本工资由财政负担，补贴部分自己创收解决，而大多数广播员要负责中心工作，所以补贴多数是乡镇统一发放，但标准低于乡镇干部，这也是造成个别广播干部“两头管，两头都管不了”的状况。在全县广电干部总体规模上，最初时是一个乡镇二至三名编制，精减到166名，后降到133名，最后通过考试确定为96名，不是正式招干的与后期转业安置的，都转制到网络公司做了企业工人，这96位同志基本是老广播员，他们在广电战线奋斗多年，县上全部纳入了财政预算，也解除了他们退休的后顾之忧，另外的孙朴珍、付国栋二人未转干，因工作超过30年，也通过单位与个人共同承当养老保险得到解决。与相邻县区相比，剑阁的广电干部没有整体转制，继续保持原来的身份不变，一则维护了队伍的稳定，二则保护了他们的权益，在这一点上，剑阁编办与政府是做得最好的。

在广电机关内部，最初吃财政饭的只有22人，另外5人是吃高山无线台的专用经费，其余将近20人是自收自支编制，自收自支实际上就是事业干部身份，企业化挣钱养自己，道理就这么简单，财政工资没有认账。正因为如此，广电内部因身份与工资问题，常有等级之差，这种等级看得见摸得着，随时随地在起作用，也让职工有了千方百计有转换体制与编制的愿望，当然这是正常之举，不是什么大的原则问题，只是影响工作开展而已。

广电局在后来的改革中，按照有关政策，精简人员，取消了自收自支编制，一律纳入财政预算，总的人员控制在42人之内，这样的改革结果，总编制减少了，财政工资人数上升了，成了县级机构改革的独特现象，有人对此提出了疑问，县领导说，这种在改革中出现的现象，可以作为案例来研究，但不能说广电局在钻空子和搞假。通过几轮的改革，基本上理顺了县局与乡镇广电干部的人事与财政编制关系，为广电的发展奠定了队伍与人才基础。当然，作为广电内部来讲，局、台、网一体化的管理体制在发展中曾经发挥了核心作用，但给内部管理也带来了不少麻烦。在内部改革中，网络公司的企业化管理势在必行，公司以法人治理为基础，要独立承担法律与社会责任（后全省网络整合垂直管理），至此，局台是一种核算体制，公司是另一种体制，交叉的技术人员，在年终分配时统一平衡，基本做到多劳多得，当然，要做到绝对的平均是永远不可能的事。

在广电的综合管理中，主要是分类分线管理，事业与宣传不一样，局台网运行体制不一样。关于广电局，主要是行政类，严格执行省市县大政方针与法律法规，上下沟通，协调理顺各级关系，特别是上三级与下两级关系。关于电视台，重点抓对内对外宣传、战役性宣传、中心工作宣传以及创优评优。关于网络公司，目标是发展事业，扩大网络覆盖面，保证安全传输。在广电管理的实际工作中，人财物三大关键环节。人即人才，也可以说是人员队伍，除上述改革中涉及的外，这里主要是微观方面的问题，涉及如何识人识才，以及如何使用的规则与方法，对于主要领导者来说，是十分重要的，在十几年的任职中，选了不少人才，可有的有才，有的只是一般人才，有的是普普通通的劳动力，但不管怎样，你要把他们放在最适合的岗位上，可以提拔使用的，努力向上级推荐；不可有大作为的，解决他们的后顾之忧，让他们发挥才能踏踏实实地工作；对一些不愿安心工作者，让他们过自己的日子，不要损坏他们的“吃饭碗”。所谓财，有两个方面，一方面是财政所拨之钱，包括国家、省上的项目资金。另一方面是广电自己创收收入，这两块资金在一个盘子里，但各有各的用途，不能挪作他用，再一个方面，就是要量入而出，不能贪大求洋，乱铺摊子，弄得收不了场。此外，对资金的管理，一定要节约，不能铺张浪费，大手大足，不能寅吃卯粮，丰年不知荒年饥。所谓物，主要是指物资，这件事很重要，其实，物就是钱，是物化了的钱，一般人对物不太注意，要么浪费，要么疏于管理。对广电来说，主要是设备设施，一台摄像机就是一台车一间房，弄不好损失可就大了，不管是正在使用的设备，还是放在库房备用的设备，包括一些施工修理工具，都应该有名目有清单，不能大而化之，不知所踪。广电设备更新换代快，好多新设备用不到一两年，又用不上了，这是广电令人头痛的地方，也是广电最烧钱的地方，客观现实不为外人道。

广电还有一块管理，就是目标与绩效管理，这有两个方面，一是市县目标，市局与县委县府与广电所定目标；二是广电内部目标。二者有相同地方，而更多的是不同，上一级目标涉及业绩，年年要在县区中排位，内部目标是吃饭目标，就是一年创多少收，除了平日运转支出外，还剩余多少可以分配，吃财政饭的年终有一个分配固定数，创收的要按照效益来考核，当然差距不能过大，这种考核分配法不一定科学，但也保持了平和与稳定。此外，广电的管理还表现在安全维稳方面，没有安全稳定就没有一切，特别是舆论方向上的安全、宣传内容上的安全、机房转播上的安全、网络传输上的安全、工程施工中的安全、机关保卫上的安全、信访维稳上的安全，安全上出现了事故，小则追责赔钱，大则违法犯罪。在这方面，广电有经验也有教训，特别是在工程建设中，值得认真总结与吸取。

回顾过去，是为了展望未来，改与管常常矛盾的两个方面，是辩证统一的，学习它，运用它，思考它，对工作对生活都大有益处。

后记

作为一个热爱汉语言文字的人，又从事过多年新闻宣传与行政管理工作，我常常在想，在新闻宣传之余，能不能写一点其他作品，回答是肯定的。

事实也证明，有的新闻记者由此走上了文学创作之路，成了真正的作家，写出了许多优秀的作品。而更多的人是在新闻与公文的文体里徘徊，没有什么拓展与突破。当然，原因是多方面的，有工作忙碌的原因，也有基础不够扎实的原因，而更多的是不喜欢、不热爱、不坚持的原因。的确，学作诗歌、散文、小说之类，也不是一时半会儿就能学会的，是一个长期坚持与练习的过程，有了思路，有了题材，有了目标，还需有良好的心态与学习写作习惯，把祖国的山水风光、历史地理、时代精神、人物故事融进自己的情感里，然后诉诸笔端，讲给别人听，这也是一件十分愉快的事情，所以为什么再苦再累再麻烦，都有人愿意写作，本源是他们从中找到了乐趣。

我也是一个喜欢这种乐趣的人，虽然笔力欠佳，但热情不减，在工作之余，集得少许时文短章，今汇编成册，以给自己几十年的偏爱与热情一个交代，真诚感谢我的领导、老师、同学、朋友、同事与家人给我的关心与帮助，感谢青川县政协主席杨政国先生为本书题写书名，感谢原县文联主席杨仕甫先生在百忙之中为之作序。感谢上海文艺出版社与四川悟阅文化传播有限公司在策划、设计、编审、排印过程中付出的辛勤劳动与汗水。另外，本书在写作过程中，查阅过书刊与网络资料，在此一并致谢。